OCTAVIA

Paru au Livre de Poche :

Un bébé d'or pur

Une journée dans la vie d'une femme souriante

Quand monte le flot sombre

MARGARET DRABBLE

Octavia

ROMAN TRADUIT DE L'ANGLAIS PAR ANNE JOBA

LE LIVRE DE POCHE

Titre original :

THE MILLSTONE

Cette traduction a fait l'objet d'une exploitation aux éditions Buchet-Chastel sous le titre *L'Enfant du minet* en 1969.

Couverture : ©

ISBN : 978-2-253-94093-7 – 1re publication LGF

Un singulier mélange d'assurance et de lâcheté a marqué ma carrière, on pourrait même dire qu'il l'a déterminée. Ainsi, la première fois que j'ai passé la nuit avec un homme dans un hôtel, j'avais dix-neuf ans, le bon âge pour ce genre d'aventures, et, inutile de le dire, je n'étais pas mariée. Je ne suis d'ailleurs toujours pas mariée, détail qui a son importance, comme on le verra. Le garçon s'appelait Hamish, ou quelque chose de ce genre. Lui et moi, nous rentrions de Cambridge à la fin du premier trimestre. Nous avions combiné notre petite affaire en décalant d'un jour, dans nos lettres aux parents, le début des vacances, certains qu'ils ne se donneraient pas la peine de vérifier. Arrivés à Londres à la fin de l'après-midi, nous prîmes un taxi pour nous rendre de la gare à l'hôtel où nous avions retenu notre chambre, précaution inutile sans doute, car c'était un faux palace du centre, exactement conçu pour des aventures comme la nôtre. J'avais la bague au doigt (en réalité, un anneau de rideau doré). Nous avions décidé de nous inscrire sous le nom de famille de Hamish, Andrews, cela n'attirait pas l'attention ; avec un faux nom, nous aurions risqué de nous embrouiller. Nous étions très calés sur les aléas que présentent les situations de ce genre, ayant lu l'un comme l'autre force romans de gare. Portant nos valises ainsi étiquetées, nous demandâmes notre clef à la réception. C'est là que je commis une erreur. On me pria de signer le registre – je sais maintenant que l'on n'exige pas des femmes mariées cette formalité, mais c'est que je dansais d'un pied sur l'autre d'un air coupable – et je signai de mon nom de jeune fille, Rosamond Stacey, en grosses lettres enfantines, sous un Hamish Andrews aussi ferme qu'illisible. Je me rendis compte de ma sottise quand, ayant tendu le registre à la jeune fille, j'entendis celle-ci s'écrier : « Mais voyons, qu'est-ce que ça signifie ? »

Dans sa voix, ni amusement, ni méchanceté, ni réprobation ; une maussaderie mêlée de lassitude : je lui avais compliqué la tâche, en disant par inadvertance la vérité. Je comptais mentir ; c'est ce qu'elle attendait de moi ; et voilà que, pour quelque cause freudienne, j'avais oublié de le faire ! Tandis que l'employée attirait l'attention de Hamish sur ma bévue, je restais figée, envahie par un morne désespoir. Hamish s'en tira du mieux qu'il put, à l'aide de quelques plaisanteries portant sur la date toute récente de notre mariage. La fille ne sourit pas. Elle prit le registre en disant :

— C'est bon, je vais voir comment on peut arranger ça.

Puis elle disparut par la porte du fond. Nous restâmes là, côte à côte, sans oser nous regarder.

— Oh, la barbe ! fis-je au bout d'un moment. Je suis navrée, mon chéri. Je n'ai pas réfléchi à ce que je faisais.

— Je ne pense pas que ça change grand-chose.

Et en effet cela ne changea rien. Au bout de quelques minutes, la jeune fille revint, le visage aussi inexpressif qu'avant, les mains vides. Elle nous dit que tout était arrangé et nous remit la clef. Je pense que mon nom se trouve toujours sur le registre. Et sa présence à cet endroit, en compagnie irrégulière, est aussi trompeuse, aussi fausse, que tout ce qui me concerne, car Hamish et moi ne couchions pas ensemble (bien que, pendant près d'une année, nous ayons cru que nous allions le faire). Nous prenions des chambres dans des hôtels, nous passions des nuits dans l'une ou l'autre de nos maisons, à l'Université, parce que cela nous amusait et que nous aimions être ensemble.

À l'âge que nous avions alors, ces choses nous semblaient possibles et permises ; je m'imaginais que je créais à ma manière l'amour et les conditions de l'amour. J'ignorais qu'un destin s'ébauche avant même qu'on en prenne conscience et que ce que nous croyons façonner devient une prison qui nous façonne. En toute inconscience, j'ai édifié ma propre prison et quand j'ai été assez vieille pour comprendre ce que j'avais fait, il était trop tard pour le défaire.

Lorsque, pendant toute une année, nous nous sommes ainsi aimés sans faire l'amour, je n'ai pas compris que je fabriquais le moule qui modèlerait ma vie. On pourra trouver sans fin des raisons pour expliquer notre continence : peur, vertu, ignorance, perversité ; mais ce qui importe, c'est que cette aventure Hamish allait indéfiniment se reproduire, de plus en plus superficielle et à une cadence de plus en plus rapide, si bien que la notion d'amour mourut en moi le jour où elle prit naissance. On dit que le succès attire le succès et que l'échec attire l'échec. Pourtant je réussissais dans mon travail, et sans doute que je n'étais pas en droit d'espérer d'autres réussites. Je me rappelle assez bien Hamish, encore que j'aie oublié les circonstances de notre séparation. Cela n'a d'ailleurs pas d'autre intérêt que de démontrer mon incompétence foncière, sur le plan émotionnel comme sur le plan pratique. Tout ce que je tentais en dehors de mon travail avortait. À ce propos, ma tentative d'avortement doit illustrer, résumer quelque chose ; en tout cas, elle me résume, moi.

Lorsque, plusieurs années après l'épisode Hamish, je découvris que j'étais enceinte, je passai par des phases d'incrédulité, de révolte, plus violentes qu'elles ne le sont d'ordinaire : personne à qui le dire, personne à qui poser des questions. Il me fallait, une fois de plus, m'appuyer sur les demi-confidences qu'on m'avait faites et sur les renseignements que j'avais glanés dans des romans à bon marché. À aucun moment l'idée ne me vint d'aller consulter un médecin : il y avait si longtemps que je n'avais été malade ! Je n'aurais même pas su comment m'y prendre. En outre, il me semblait qu'un médecin aurait commencé par m'accabler de reproches, ce que je n'étais pas d'humeur à supporter. Je gardai donc mon secret et décidai de me débrouiller seule. Il me fallut un bon bout de temps pour rassembler mon courage ; toute une journée, je restai assise à la bibliothèque du British Museum, moite de peur, fixant un regard vide sur les pages de Samuel Daniel et pensant au gin. Je savais vaguement que le gin pouvait exercer une certaine action sur la matrice, genre quinine ou autre ingrédient, et que, combiné avec un bain très chaud, ça marchait parfois. Puisque d'autres filles avaient essayé ce procédé, pourquoi pas moi ? Avec un peu de chance !... Je n'avais pas la moindre idée de la quantité de gin qu'il fallait absorber. Peut-être toute une bouteille ! La perspective ne me souriait pas, ni physiquement ni financièrement. Gaspiller deux livres de gin, uniquement pour me rendre malade, voilà qui me répugnait. Impossible cependant de prétendre que je ne pouvais pas m'offrir cette bouteille ; et, comparée aux autres méthodes, celle-là était relativement peu coûteuse. Morose, je continuai à tourner les pages de Daniel et je décidai de tenter le coup. Soudain une phrase appropriée à la circonstance retint mon attention, je la notai sur une feuille : « Heureux en affaires, malheureux en amour ». « Pour l'homme l'amour n'est qu'un incident, pour la femme il est toute la vie », a écrit Byron. Il se trompait.

En retournant chez moi, je m'arrêtai chez Unwin, où j'achetai une bouteille de gin. Quand l'employé, par-dessus le comptoir, me tendit le flacon enveloppé de papier de soie, j'aurais voulu que la boisson fût destinée à quelque joyeuse soirée. Je longeai Marylebone High Street en regardant les étalages, et j'avais l'impression que je contemplais pour la dernière fois les coûteux légumes, les lapins en chocolat, les confortables meubles anciens. Quant aux robes prénatales, je me serais bien passée de les voir. Or, pas de chance, le quartier était littéralement envahi de magasins destinés aux futures mères et à leurs enfants ! Impossible d'avancer dans cette rue sans rencontrer dans une vitrine l'image réprobatrice d'un mannequin élégant, au ventre plat, montrant avec une grâce étudiée et des cheveux vitrifiés quelque vêtement chic. Je serrai plus fort le col de la bouteille de gin et je m'engageai dans ma rue, fermement décidée à faire ce que j'avais en tête.

À cette époque, je demeurais dans l'appartement de mes parents, qui se trouvaient alors en Afrique. Mon père avait été nommé professeur de Sciences Économiques dans une nouvelle université pour montrer aux Noirs « la voie de l'avenir ». Mes parents avaient signé un bail de quinze ans, aussi m'avaient-ils offert d'habiter l'appartement pendant leur absence – c'était gentil, car ils auraient pu en tirer beaucoup d'argent. Il est vrai qu'ils étaient violemment opposés au principe de propriété et ne désiraient pas posséder de richesses, à moins que cela n'entraînât pour eux souffrances et sacrifices. Si bien que, tout compte fait, leur attitude n'était pas dictée par la simple gentillesse, mais, en partie du moins, par le souci égoïste de s'épargner un sentiment de culpabilité. Quoi qu'il en soit, j'en profitais. C'était un joli appartement, au quatrième étage d'un immeuble datant du début du siècle, tout proche de Regent's Park, d'Oxford Circus, de Marylebone High Street, de Harley Street. Le seul ennui, c'est que les gens en concluaient que j'étais assez riche ; ce que j'étais d'ailleurs selon les normes courantes, puisque je recevais près de cinq cents livres par an sous forme de bourses de recherches et autres subventions ; mais, bien sûr, ce n'était pas la richesse aux yeux de ceux qui faisaient d'ordinaire de telles suppositions. S'ils avaient su la vérité, ils m'auraient située aux confins de la famine et se seraient abstenus de noter avec ironie l'usure de mes souliers. Mes parents ne me venaient pas en aide – mis à part le loyer qu'ils payaient – bien qu'ils en eussent les moyens ; ils croyaient en l'indépendance. Ils m'avaient si bien enfoncé dans la tête l'idée que l'on doit subvenir à ses propres besoins, que je considérais la dépendance comme un péché capital. Une fille émancipée, voilà ce que j'étais, ma bouteille de gin à la main, ouvrant ma propre porte avec ma propre clef.

Seule dans l'appartement, je commençai à avoir vraiment peur. Cette chose que j'allais accomplir me paraissait brutale, inquiétante ; presque aussi brutale et inquiétante que l'acte qui la rendait nécessaire ; et, de plus, personne ne me tenait compagnie. Cette fois j'étais bien seule. En un sens, cela valait mieux ; au moins, nul ne pourrait me voir. Je posai la bouteille sur le buffet de la cuisine, au milieu d'autres bouteilles, la plupart vides ou presque, et je jetai un regard à ma montre. Six heures et demie. C'était un peu trop tôt, mais à quoi m'occuper en attendant ? Je ne me voyais pas m'installant à mon travail pour deux ou trois heures. Je me disais aussi qu'il valait mieux ne pas manger, et pourtant j'avais faim. J'arpentai un peu le vestibule, puis j'entrai dans ma chambre avec l'intention de me déshabiller. Et juste à ce moment la sonnette tinta. Je sursautai, comme un criminel pris sur le fait, et cependant j'éprouvai le soulagement du condamné qui se voit accorder un sursis. Tout me semblait préférable à ce qui m'attendait. Et les gens à qui j'ouvris étaient, en vérité, bien préférables. En les voyant, je compris à quel point j'étais contente de leur visite et je les accueillis avec joie et entrain.

— Tu ne t'apprêtais pas à sortir, par hasard, Rosamond ? demanda Dick en entrant dans la cuisine et en se penchant sur la table. Avec toi, on ne sait jamais. Tu mènes une existence si secrète ! Nous voulions t'emmener voir le nouveau Fellini… À moins que tu ne l'aies déjà vu depuis des semaines.

— Comme c'est gentil à vous ! répondis-je.

— L'as-tu vu ? demanda Lydia. Si oui, pas un mot, parce que j'ai envie d'aimer ce film et je sens que je ne l'aimerai pas s'il te déplaît. Sinon, viens. Mais défense d'exprimer ton opinion.

— Je ne l'ai pas vu. Où passe-t-il ?

— Au *Cameo-Poly*, Regent Street.

— Oh, fis-je, en ce cas, je ne viens pas ! Je ne veux plus descendre Regent Street.

— Pourquoi ?

— Je ne veux pas, c'est tout, fis-je.

C'était vrai aussi, et cela me réconforta un peu de le leur avoir dit, alors qu'ils ignoraient mes raisons, et qu'ils s'en seraient d'ailleurs éperdument moqués s'ils les avaient connues.

— Encore ta vie secrète ! reprit Dick. Alors, c'est décidé, tu ne viens pas ?

— Je ne viens pas. J'ai du travail ce soir.

— Il y a longtemps que tu n'as pas vu Mike ? s'empressa de demander Dick.

Il avait toujours peur, bien à tort, que je ne lui fisse un cours sur les sonnets élisabethains.

— Oui, des semaines.

Depuis son entrée, Alex grignotait en silence une miche qu'il avait apportée.

— Pourquoi n'irions-nous pas tous boire un verre ? proposa-t-il tout à coup.

J'étais bien élevée. Sans prendre le temps de réfléchir, je répondis aussitôt :

— Oh, non ! Buvons-le plutôt ici.

Dick, Lydia et Alex appartenaient à la catégorie de ceux qui surestimaient mes moyens. Ils acceptèrent donc sans discuter. D'ailleurs, mon offre à peine formulée, je m'aperçus qu'ils lorgnaient du côté de ma bouteille de gin. Sans doute m'avaient-ils suivie depuis la boutique ! Je remplis leur verre, puis, décidant que je n'avais aucun motif de me priver, je remplis le mien. Ensuite nous sortîmes de la cuisine, nous installâmes au salon et nous bavardâmes. Dick se mit à parler d'un paquet qu'il avait voulu expédier dans l'après-midi ; au bureau de poste, on avait prétendu que le paquet était trop lourd, puisqu'il était mal ficelé, et pendant que le pauvre garçon arrangeait la ficelle, les employés étaient tous partis et avaient fermé le bureau. Nous lui demandâmes ce que le paquet contenait. C'était un jeu de construction pour l'anniversaire de son neveu. Ensuite Lydia raconta que, lorsqu'elle avait envoyé son premier roman à son premier éditeur, elle l'avait tendu à l'employé de la poste en demandant poliment, de sa voix de petite bourgeoise modeste : « Puis-je recommander cela, s'il vous plaît ? » Elle s'attendait à un « Oui, certainement Madame », mais l'homme s'était contenté de dire : « Non ». Là encore, c'était une simple question de cachets de cire et de ficelle. Mais elle avait pris cela pour une évaluation prophétique de la valeur de son manuscrit, et elle en avait été si troublée qu'elle avait remporté le paquet chez elle et l'avait enfoui dans un tiroir, dont elle ne l'avait tiré que trois mois plus tard.

— Si bien, dit-elle en riant, que quand je l'ai eu enfin expédié, la lettre qui était à l'intérieur datait de trois mois. Et le temps que les destinataires la lisent, elle remontait à six mois. Alors, quand je leur ai téléphoné au bout de trois mois en leur disant qu'ils avaient mon envoi depuis six mois, ils m'ont crue. Vous voyez ce que je veux dire.

Non, nous ne le voyions pas tout à fait, mais il y eut des rires, suivis d'autres histoires ; cette fois au sujet des succès littéraires de nos amis et connaissances. Le thème se révéla fécond, car nous avions tous quelque prétention d'écrire, dans un genre ou dans un autre, encore que Lydia fût la seule à se croire douée du pouvoir créateur. Moi-même, je ne créais rien du tout, me bornant, tâche fastidieuse, à collationner avec soin des notes sur les poètes anglais du XVIe siècle, tâche qui m'enchantait, mais que l'on considérait généralement comme inutile. Toutefois on me reconnaissait aussi des qualités de critique ; et, de temps en temps, j'écrivais des articles. Je lisais en manuscrit bon nombre d'œuvres, romans, pièces de théâtre, poèmes, dont je connaissais les auteurs. Dick, par exemple, m'avait confié un ou deux de ses ouvrages, jusqu'alors inédits et, selon moi, impubliables. L'un était un roman non dénué de charme et de talent, mais qui manquait complètement de composition et d'intrigue. Ce n'est pas que je tienne tant à l'intrigue, mais j'aime qu'il se passe quelque chose dans un roman. Les personnages de celui-ci ne se situaient pas du tout dans le temps ; impossible de démêler la succession des événements, ni de savoir si telle ou telle scène durait des heures ou des jours, ou si elle se plaçait avant ou après la scène précédente. J'avais fait remarquer ce défaut à Dick ; il avait été surpris et inquiet, il ne voyait pas du tout ce que j'entendais par là ; ce qui signifiait que le défaut n'était pas d'ordre technique, mais inhérent à son esprit. Il gagnait sa vie en travaillant pour une chaîne de télévision, mais il n'y mettait pas beaucoup de conviction. Alex, lui, était aussi pris que moi. Employé dans une affaire de publicité, il rédigeait des « slogans », ce qui l'enchantait littéralement. Garçon sérieux, d'esprit plutôt puritain, il se plaisait, je crois, à respirer une atmosphère amicale, voluptueuse et perverse, saturée de plaisanteries et de mensonges, et à prostituer son talent. Il avait pas mal de flair pour accrocher l'attention du public, et il aimait lire à voix haute les meilleures formules publicitaires qui paraissaient dans les revues et dans les journaux. En secret il écrivait des poèmes, qu'il réunissait en volume tous les deux ans. Lydia était la seule à avoir réussi, ayant publié plusieurs romans ; mais, depuis quelque temps, elle flânait à travers Londres, en gémissant qu'elle n'avait plus rien à dire. Bien entendu, personne ne compatissait à ce malheur, qui n'avait rien de tragique chez une fille de vingt-six ans.

Étant donné son état d'esprit, elle se régalait de tout ce qu'on pouvait raconter de pire sur les derniers ouvrages publiés par d'autres. Gentiment, nous nous arrangions donc pour lui faire ce plaisir.

— Ça ne vaut rien, en tout cas, déclara Dick (après avoir écarté le dernier Joë Hurt avec un sourire méprisant), ça ne vaut rien de tartiner un volume par an, comme il le fait. Ça devient purement mécanique.

— Un peu plus de mécanisme ne te ferait pas de mal, dis-je gaiement.

J'en étais à mon second double gin.

Lydia, qui, jusqu'alors, avait accepté sans mot dire mes consolations insidieuses, se tourna tout à coup vers nous avec un soupir accablé.

— Je me moque de ce que vous racontez, déclara-t-elle. Mieux vaut écrire de mauvais livres que de n'en pas écrire du tout, voilà ce qui est vrai. C'est merveilleux, d'en sortir un par an ! Joë Hurt est formidable. Je l'admire, oui. J'admire ce genre d'exploit.

— Tu n'as pas lu ce livre, observa Dick.

— Ce n'est pas ça l'essentiel, fit Lydia. L'essentiel, c'est l'effort.

— Pourquoi n'écris-tu pas un mauvais livre ? demandai-je. Je parie que tu réussirais à écrire un mauvais livre, si tu t'y mettais.

— Non. Pas si je *savais* qu'il est mauvais pendant que je l'écris. Ça me serait impossible. Je n'arriverais jamais à le terminer.

— Quelle vision romantique de la création littéraire ! intervint Dick.

— Parle pour toi ! dit Lydia irritée. Commence donc par faire publier tes œuvres, après tu pourras me traiter de romantique. Passe-moi le gin, Rosie, là, tu es un amour.

— En tout cas, dit Alex qui avait avalé la moitié de sa miche, si tu veux mon avis, Joë Hurt savait très bien, pendant qu'il l'écrivait, que son bouquin était exécrable. Il pue la mauvaise conscience, à chaque page. Tu ne trouves pas, Rosie ?

— Je ne l'ai pas lu, répondis-je. Mais vous savez que Joë ne cesse de répéter : « Personne n'a jamais écrit un chef-d'œuvre avant l'âge de trente-cinq ans. Accordez-moi encore six années. » Voilà, ce qu'il dit, Joë.

— Tu sors toujours avec lui, Rosie ?

— Oui, je continue à le voir. Et puis cesse de m'appeler Rosie, veux-tu ! Qui t'a donné cette idée ?

— Lydia. Elle vient de t'appeler Rosie, il y a moins d'une minute.

— Elle adore diminuer les gens. Ça la grandit. Pas vrai, Lyd ?

Ils se mirent tous à rire, et je pris la bouteille, m'apercevant avec horreur et angoisse qu'elle était plus qu'à moitié vide. Le souvenir lancinant de ce que je n'avais à aucun moment tout à fait oublié me revint ; je jetai un coup d'œil à ma montre et dis qu'il était grand temps qu'ils s'en allassent s'ils voulaient voir le film de Fellini. Ce ne fut pas du tout facile de les déloger, car ils étaient enfouis, satisfaits et bavards, au creux des fauteuils confortables de mes parents, où ils avaient l'air d'animaux emprisonnés dans la chaleur du chauffage central. Ils agitèrent les bras et déclarèrent qu'ils préféraient rester à bavarder, et j'eus presque envie qu'ils le fissent, et je serais moi-même retombée dans mon fauteuil, choisissant une fois de plus la voie la plus facile, si, tout à coup, une pensée n'avait traversé l'esprit d'Alex. Je la devinai dès qu'il se fut levé, l'air soucieux et gêné. Il pensait que j'étais vexée de ce qu'ils avaient dit sur Hurt ; et j'aurais bien pu l'être ; mais, en fait, je ne l'étais pas. Cependant, dès que je vis cette hypothèse se dessiner sur son visage, je compris qu'ils allaient partir. Ce qu'ils firent, toujours aussi délicats au sujet des relations personnelles qu'ils l'étaient peu au sujet du gin. Sur le seuil je les retins cinq minutes, les observant l'un après l'autre avec angoisse : le joli Dick aux cheveux en vrille ; Alex et son visage en lame de couteau, ses épaules voûtées de cigogne ; la belle Lydia Reynolds, pâle et courroucée, se rongeant les ongles, les paupières agitées d'un tic nerveux, vêtue d'un imperméable sale. Je me demandais si je ne prierais pas l'un ou l'autre de rester, de partager mes ennuis ; et, par la suite, je me suis dit qu'ils auraient accueilli avec joie ma requête. Oui, tous les trois, ils auraient sauté avec empressement sur la perspective d'une soirée pénible, agitée, qui leur aurait fourni de la copie. Mais, sur le moment, l'esprit obscurci par l'urgence, je ne vis pas les choses sous ce jour et je les laissai courir au film de Fellini.

Je retournai lentement au salon, m'assis sur le tapis, près de la cheminée, et regardai une fois de plus ma bouteille de gin. Il n'en restait pas lourd. Pas assez, me dis-je. Pas assez, espérais-je. Je me sentais plutôt drôle ; la tête me tournait et j'étais gaie, mais pas d'une gaieté naturelle. Boire me remonte toujours le moral. J'avais presque envie de renoncer à mon projet et d'aller me coucher, ou encore de me faire cuire des œufs au jambon, ou d'écouter la radio. Pourtant, je savais qu'il fallait en passer par là, puisque je m'étais dit que je ferais cette tentative, sans même savoir si elle serait efficace. Comme cela allait être désagréable ! Mais je ne pouvais pas reculer. Je pris la bouteille et l'emportai dans ma chambre, où je me déshabillai et enfilai une robe de chambre. En me rendant à la salle de bains, je butai sur le tube flexible de l'aspirateur qui était resté dans le couloir toute la semaine, et je manquai la poignée de la porte la première fois que je voulus la saisir. Je me rappelai alors que je n'avais pas mangé depuis midi. Mais ce fut quand j'essayai de faire couler le bain que je pris conscience de mon état. Le chauffe-eau à gaz de la salle de bains fournissait tout l'appartement en eau chaude qu'on pouvait obtenir presque bouillante, à condition d'en surveiller avec soin le débit ; il existait un rapport étroit entre le volume d'eau fourni par le robinet et la force de la pression du gaz : trop d'eau, elle n'était que tiède ; pas assez d'eau, le gaz s'éteignait complètement et le bain était glacé. En temps ordinaire, ce n'était déjà pas facile à régler ; mais, ce soir-là, je n'y parvins absolument pas. Je m'assis sur le tabouret de la salle de bains, laissant l'eau couler, la tâtant du doigt, essayant de nouveau ; enfin, je crus avoir bien réglé le chauffe-eau ; je plaçai donc la bonde et, pendant que j'attendais, je bus le reste de la bouteille, jusqu'à la dernière goutte, C'était si mauvais, pur, que cela me fit l'effet d'une sorte de châtiment pour l'immoralité de ma conduite. Le résultat fut instantané : complètement ivre, je faillis basculer dans la baignoire, en robe de chambre. Je réussis à me redresser, retirai le vêtement, le laissai tomber à terre et entrai dans la baignoire.

J'en ressortis aussitôt parce que l'eau était glacée. J'avais donné un débit trop faible et tout s'était éteint, sauf la veilleuse. Frissonnante, je regardai, vaincue, le robinet d'eau chaude. Je me dis que, peut-être, le choc sur mon système nerveux produirait l'effet que j'attendais de l'extrême chaleur. Ma gaieté anormale augmenta à mesure que l'absurdité de ma situation s'imposait à moi ; je parvins, non sans peine, à me réintégrer dans ma robe de chambre, et gagnai en titubant ma chambre, où je m'affalai sur le lit. Je me sentis si mal que je me remis debout, une fois de plus, et décidai d'essayer de marcher. Peut-être que ça irait mieux après. J'arpentai le vestibule d'entrée, tournai dans toutes les pièces ; et je recommençai vingt fois, heurtant les murs au passage. En marchant, je m'imaginais avec un bébé sur les bras, dans l'état d'ivresse où j'étais, un bébé ne me semblait plus si déplaisant que ça, bien que ce fut impossible et très gênant. Ma sœur avait des bébés, des bébés mignons, qu'elle paraissait aimer. Mes amies avaient des bébés. Il n'y avait pas de raison pour que je n'en eusse pas un, moi aussi ; d'abord ça m'apprendrait à être née femme. À quoi bon nier que j'étais femme ? J'aurais beau essayer de repousser de jour en jour les conséquences du fait, cela n'y changerait rien. Je pouvais aussi bien en payer tout de suite le prix, comme tant d'autres. J'essayai d'éprouver de l'amertume à propos de tout ça, comme lorsque j'étais à jeun (et même, depuis quelque temps, pire que de l'amertume, une envie de me suicider), mais je n'y parvins pas. Le gin me rendait gaie, chassait le désespoir. Je me dis que j'allais téléphoner à George et tout lui raconter. À ce moment-là, j'aurais pu le faire. Seulement je n'avais pas son numéro. Et là encore je restai prisonnière de ma première attitude. Puisque j'avais résisté à la tentation de téléphoner à George, il n'y avait plus de raison d'y succomber ; jamais plus je ne me trouverais dans le cas de devoir parler coûte que coûte. Si je m'étais mieux connue alors, j'aurais téléphoné, je me serais informée du numéro de George, et je le lui aurais tout dit d'un seul coup. Mais je ne l'ai pas fait. Et peut-être est-ce mieux ainsi – mieux pour lui !

Je n'ai jamais révélé à personne que George est le père de mon enfant. Les gens auraient été rudement étonnés. Il a été dans ma vie un épisode si bref que personne n'a jamais su que je le connaissais. On m'aurait demandé si j'étais bien sûre de ce que j'avançais. J'en étais plutôt sûre, et cela pour la bonne raison que c'est le seul homme avec qui j'aie couché dans toute ma vie. Et encore, cela n'est arrivé qu'une fois ! Du commencement à la fin, l'aventure n'a été qu'un accident. À vrai dire, ce qui m'a le plus cruellement indignée durant ces mois douloureux, c'est l'invraisemblance de toute l'affaire. Ce n'était pas comme si je l'avais cherché. Je l'avais cherché aussi peu que toutes celles qui avaient été attrapées avant moi. On lit des tas d'histoires réconfortantes au sujet de femmes qui demeurent stériles pendant des années et des années, mais il y aussi les histoires en sens inverse, celles que j'avais toujours voulu ignorer, à cause de leur ton pleurnichard, à cause de l'idée de punition qui les inspire. De nos jours, on a tendance à considérer ces histoires comme des fantaisies, nées d'imaginations refoulées, et il est difficile de convaincre les gens qu'on peut être engrossée au premier essai. Pourtant, réflexion faite, ça n'a rien d'impossible. En tout cas, je sais, moi, que c'est possible puisque ça m'est arrivé, comme dans la plus édifiante des fables morales pour jeunes filles. Et malheureusement, je n'étais que trop prédisposée à y voir un châtiment.

Chose assez singulière, je n'ai jamais envisagé que le châtiment eût été mérité par cette unique soirée passée avec George, mais plutôt je le mettais en relation avec les autres soirées, celles de Hamish et de ses successeurs, où il ne s'était rien passé d'essentiel. J'étais coupable d'un crime, d'accord, mais c'était un crime d'un genre tout nouveau : un crime XXe siècle, et non le bon vieux crime traditionnel, fait de concupiscence et de luxure. Ma méfiance, ma peur, ma terrible appréhension à la seule idée du sexe, voilà mon crime. J'aimais les hommes et, depuis des années, j'étais perpétuellement attirée et effrayée par les réalités de l'amour. La pensée du sexe me terrorisait, et plus je m'en privais, plus je lisais ce qu'on écrivait à ce sujet, plus j'en entendais parler, plus mon appréhension augmentait. C'était la chose physique elle-même qui me faisait peur, car je ne me souciais pas le moins du monde de ses répercussions sociales – voir mon nom inscrit sur les registres d'hôtel ou faire l'objet de ragots... Je ne m'inquiétais pas non plus des tempêtes émotives qui sont, croyais-je, inséparables des relations amoureuses. Mais il m'était impossible de me livrer à l'acte sexuel, ou même de l'envisager. J'irais jusque-là et pas plus loin. J'ai cherché à m'expliquer de toutes les façons ce curieux comportement. J'ai incriminé l'attitude exagérément saine et pratique de ma famille, mon isolement d'enfant trop intelligente, mon horreur d'être bousculée – mais aucune de ces causes supposées ne pouvait avoir produit un tel effet. Il va sans dire que ma vertueuse répugnance me rendait très malheureuse, comme les jeunes filles dont on lit le témoignage dans les « courriers du cœur ». À moi aussi, cela me plaisait, d'être amoureuse et d'être embrassée sur le pas de la porte ; moi aussi, je redoutais de rester seule. Et puis, moi, j'avais le désavantage supplémentaire de ne pouvoir approuver ma propre conduite. Fille de mon époque, je savais combien mon attitude était absurde. La « lettre rouge », très visible, que je portais sur la poitrine, signifiait *Abstinence*, et non *Adultère*. J'avais même fini par croire que le châtiment qui m'était infligé venait de ce que j'avais tergiversé, hésité et tremblé longtemps. Si, à dix-huit ans, je m'étais précipitée dans l'amour, sans réfléchir, débordante d'une généreuse passion, comme font les autres filles, je m'en serais tirée sans mal. Mais appartenant de cœur à l'époque de la reine Victoria, je subissais la punition prévue à cette époque.

Heureusement, j'avais réussi à tenir secrets les détails les plus honteux de ma vie. Personne n'a jamais su à quel point ma vie sexuelle était bizarre ; et personne, pas même les hommes que je décevais, n'aurait imaginé que j'étais vierge – à la seule exception de Hamish qui, étant le premier, savait parfaitement à quoi s'en tenir. Cependant Hamish lui-même a dû croire que, comme lui, j'avais ensuite sauté le pas. Maintenant il est marié et il a deux enfants. Je n'ai pas été longue à comprendre que je ne pouvais pas tout avoir ; si je voulais me refuser, je devrais en payer le prix. Il m'a fallu quelque temps pour découvrir ce que j'attendais le plus des autres, et, finalement, j'ai conclu, après quelques fâcheuses expériences, que la seule chose dont je ne pouvais me passer, c'était leur compagnie. Après de nombreux tâtonnements, de nombreuses erreurs, je réussis à échafauder un système parfait, qui conciliait une certaine complaisance à l'égard d'autrui et le maximum d'avantages pour moi.

Mon système fonctionna près d'un an ; et, aussi longtemps qu'il dura, il se révéla très satisfaisant. Cette phase de ma vie m'apparaît comme une lointaine idylle. Voici comment cela se passait : je sortais avec deux garçons, Joë Hurt et Roger Henderson. Joë croyait que je couchais avec Roger, et Roger croyait que je couchais avec Joë. De cette façon, j'obtenais d'eux exactement le degré d'attentions que je pouvais supporter ; par exemple nous nous tenions les mains au cinéma, sans que je fusse exposée à subir les entreprises d'un chevalier servant qui, s'il avait su la vérité, se serait cru obligé de me séduire et de me révéler les vrais plaisirs de la vie. De toute évidence, ni l'un ni l'autre ne s'intéressait vraiment à moi, sinon cet arrangement ne les aurait pas satisfaits. Quant à moi, je ne sacrifiais que l'amour : je pouvais m'en passer. Je suppose que Joë et Roger couchaient avec d'autres filles. On racontait que Joë avait une femme ailleurs, mais Roger, lui, maintenant que j'y pense, séparait sans doute relations sociales et relations sexuelles. Sous bien des rapports, Roger était un assez pauvre type ; il représentait tout ce que mes parents m'avaient appris à mépriser et à condamner ; cet avocat riche, conservateur et de bonne famille était nettement prédestiné à une de ces carrières où l'allure compte plus que les capacités. Il avait des habitudes que mes parents auraient qualifiées de vulgaires, mais qui ne l'étaient pas dans l'opinion commune : par exemple, il parlait très haut dans des lieux publics, était désagréable avec les domestiques qui le faisaient attendre et avec les gens qui lui donnaient des conseils pour garer sa voiture. Il ne manquait pas d'intelligence et il possédait un flair surprenant, lié sans doute à sa profession, pour saisir l'essentiel d'un livre ou d'une pièce sans lire l'un ni écouter l'autre. La brutalité de ses jugements me séduisait ; elle ne venait pas de l'ignorance : simplement, Roger était pressé et ne s'en laissait pas remontrer. Il m'aimait assez ; en partie, je crois, parce que j'avais de bonnes manières, que j'étais bavarde et agréable à sortir, mais surtout parce que je représentais pour lui une bohème littéraire encanaillée et besogneuse, qui satisfaisait son désir d'explorer la société. Et, bien entendu, il satisfaisait en moi exactement le même désir ; cela me fascinait de savoir que de tels gens existaient. L'idée que je couchais avec Joë Hurt plaisait à Roger ; cela me donnait à ses yeux un caractère équivoque. Il avait le visage lisse et des costumes de bon ton. Sa peau était comme celle d'un enfant, propre, bien nourrie, chaude d'une fraîche chaleur intérieure.

Chose curieuse, ça plaisait aussi à Joë, l'idée que je couchais avec Roger ; pourtant il détestait Roger, et souvent m'en parlait en termes injurieux, avec des flots d'éloquence agressive. Joë était l'opposé de Roger, du moins en ce qui concernait la peau ; là où Roger était lisse, Joë n'était que creux et aspérités, comme rongé par la petite vérole. Joë était affreux à regarder. Il mesurait plus d'un mètre quatre-vingt-cinq et marchait en traînant les pieds, le dos perpétuellement courbé, ancienne conséquence d'une timidité congénitale devenue manifestation d'un mauvais vouloir insolent. Horriblement séduisant, toutefois. À première vue, on se disait que c'était l'homme le plus laid du monde ; mais en un rien de temps on se surprenait à étudier avec une admiration presque douloureuse chaque élément de sa beauté. Enfant, il devait être d'une laideur repoussante, une de ces laideurs que rien ne rachète ; et, de cette époque, il avait conservé maints réflexes de défense agressive. Cependant, lorsque je fis sa connaissance, il avait depuis longtemps pris conscience de son charme magnétique. En conséquence, il manifestait une satisfaction méfiante envers ses propres succès ; privé de tout charme pendant des années, celui qu'il avait acquis n'était pas, comme celui de Roger, un droit congénital, un point de départ dans la vie, mais un défi qu'il fallait relever. Sa femme était une Américaine que, disait-il, il avait ramassée au cours des deux années passées là-bas dans une quelconque université ; mais personne ne l'avait jamais vue. Il écrivait des romans et, depuis son retour en Angleterre, il avait renoncé à faire une carrière universitaire ; maintenant, il s'occupait de films, d'adaptations et d'autres choses du même genre, tout en continuant à publier son roman annuel. Il possédait au plus haut point le don de captiver le lecteur, mais j'avais l'impression qu'il vacillait perpétuellement au bord de quelque découverte artistique sans jamais se laisser emporter par le courant ; il aurait pu devenir un bon écrivain et il soutenait qu'un jour il arriverait à ce but, mais plus sa littérature devenait vendable, plus ses amis ricanaient, prophétisant qu'il allait s'effondrer. Moi-même, je ne savais guère qu'en penser. Ses points forts et ses points faibles étaient trop étroitement entremêlés ; naturellement fécond comme j'étais naturellement chaste. Ou anormalement, devrais-je dire. En tout cas, il me prenait au sérieux quand je faisais sur Henry James ou sur Shakespeare des remarques banales et qui n'étaient pas destinées à être prises au sérieux : il devait donc attendre beaucoup de moi. La manière dont il fallait applaudir chacun de ses succès avait quelque chose d'émouvant. Roger et lui ne se connaissaient pas bien du tout ; ils avaient des relations communes, telles que moi, et parfois ils se rencontraient dans un monde assez mêlé. Chacun d'eux estimait que l'autre possédait une sorte d'aisance mondaine qui lui faisait défaut, et, en conséquence, ils se méprisaient et se révéraient mutuellement. Ils avaient tous deux raison. Je crois que Joë se rapprochait beaucoup plus que Roger du type d'homme que j'aurais pu aimer, car nous partagions les mêmes goûts et adorions discuter des livres, des films, des gens et de leurs attitudes. Comme Roger, Joë trouvait très commode d'avoir une fille sous la main. Le système fonctionnait à merveille.

Mais, avec George tout ce système délicat et contre nature s'effondra. Cher George, ravissant George, bon et facile George, si simple, si minet, si dénué de prétentions ! En songeant à lui, je me laisse aller un peu à la tendresse, maintenant qu'il est beaucoup trop tard. Je me trouvais avec Joë quand j'ai fait la connaissance de George, présentateur à la radio. Je le rencontrai par hasard à la cantine de la BBC, où j'avais accompagné Joë que l'on interviewait sur son dernier livre. Joë ne connaissait pas George ; mais un ami de Joë, qui était assis à la même table que nous, le connaissait et il nous le présenta. Sur le moment, on ne remarquait pas George, car il n'était ni agressif, ni péremptoire, chose assez rare parmi mes relations ; mais il vous témoignait une attention gentille, discrète, qui, peu à peu, faisait son chemin. Un visage mince et décoratif, une voix BBC agréable, des vêtements tranquillement efféminés ; et, de temps à autre, il prostituait sa voix naturelle pour se livrer à de petites plaisanteries un peu précieuses. Pas un type dangereux, George, ni menaçant, aurait-on pu croire. Ni un homme capable d'inspirer une grande passion. Il ne faisait pas le poids, comparé à Joë Hurt, qui, mâchonnant ses doigts jaunes aux articulations noueuses, mordillant ses ongles jaunes, entortillant ses jambes avec rage autour des pieds tubulaires de la table, discourait d'une voix haute, inaudible, sur l'ennui qui se dégage des romans-essais. Dans la salle, les regards de toutes les jeunes filles ne cessaient de se couler humblement, presque honteusement, vers Joë. C'était l'effet qu'il produisait partout. George, écoutant Joë, paraissait, lui aussi, impressionné, malgré les petits commentaires et les bizarres petites plaisanteries auxquels il se livrait, comme je l'ai dit. J'avais le sentiment net que Joë lui plaisait. Joë attirait tout le monde, même ceux qui dissimulaient cette attirance sous la violence de leurs insultes.

Après cette première rencontre, je tombai sur George de temps à autre ; en moyenne une fois par semaine. Comme j'habitais tout près de la BBC, nous nous croisions forcément dans Upper Regent Street ou dans Wigmore Street. Ou encore nous nous retrouvions dans un bar dont il était visiblement un habitué, petit bar sympathique que Joë et moi avons adopté quelque temps. Un soir, j'y emmenai Roger. Un autre soir, George et moi nous trouvâmes nez à nez dans une réunion, à notre grande surprise. Cela me faisait toujours plaisir, parce qu'il avait l'air content de me voir et me disait des choses gentilles, telles que : « Tu es ravissante ce soir, Rosamond ». Ou bien : « Comment cela a-t-il marché aujourd'hui avec Astrophèle et Stella ? » Il semblait singulièrement versé en poésie. Je n'arrivais pas à le situer – quel milieu ? quel degré de culture ? – Cela m'intriguait, bien entendu. Son accent ne trahissait aucune provenance particulière, car, lorsqu'il abandonnait l'intonation BBC, son langage ne retournait pas à ses origines, mais à la manière de parler propre à tous les minets du monde. Toutefois un rien dans sa coiffure donnait à penser qu'il n'était peut-être pas aussi raffiné qu'il le paraissait. Il n'avait pas les cheveux plats, mais des inclinaisons bizarres qui, sous certains éclairages, lui donnaient un charme un peu canaille. Cela me plaisait. Il me plaisait dans l'ensemble ; et, au bout de quelques semaines, je réussis à persuader Joë et Roger de m'emmener à son bar, simplement pour que je pusse lui parler quelques minutes.

L'alternance Joë – Roger le divertissait beaucoup, et il en concluait le pire, ce qui satisfaisait mon amour-propre. Il manifestait sa réprobation par des petits gloussements discrets qui m'amusaient. J'aimais contempler dans ses yeux le reflet de mon inconduite imaginaire, car, ce qu'il croyait voir, il le voyait avec une indulgence ravie ; exactement le genre de réaction que j'aurais voulu qu'il eût si ce qu'il voyait avait été vrai. Un soir d'été plutôt tendu, je persuadai Joë de m'emmener au bar ; nous étions un peu en froid, à l'issue d'une querelle aussi longue que stérile à propos d'un billet d'une livre que nous avions prêté – ou pas prêté – la semaine précédente à un ami aussi casse-pied qu'insipide. J'étais furieuse contre Joë, parce que j'ai une mémoire excellente et que je me rappelais parfaitement toutes les circonstances ; quand nous entrâmes au bar, George ne s'y trouvait pas, ce qui n'améliora pas mon humeur. Quand l'heure à laquelle il venait d'habitude fut passée, mon irritabilité s'accrut encore, et, à la fin, Joë, excédé, se mit en colère et sortit, me plantant là. Je restai cinq minutes à ruminer, maussade, feignant de terminer mon verre, puis je me levai. Je ne peux pas supporter de rester seule dans un bar. Sur le seuil je rencontrai George.

— Par exemple ! fit-il. Toute seule, ce soir ?

— Je m'en allais, dis-je. Joë vient de sortir.

— Je le sais, dit-il, je l'ai croisé. Viens boire un autre verre.

— Mais je partais…

— Eh bien, reste encore un peu.

— C'est bon, dis-je, comme tu voudras.

Et George alla me chercher un autre verre au comptoir. Quand il revint, il souriait malicieusement. Il me dit :

— Tu n'as plus qu'à téléphoner à Roger. Avec quelle sagesse tu as organisé ta vie ! Félicitations !

— Je n'aime pas beaucoup Roger, dis-je en riant. Toi non plus, n'est-ce pas ?

— Non, je reconnais que je préfère Joë. Personnellement, ajouta-t-il.

Et il se mit à rire, lui aussi.

— En tout cas, repris-je, Roger est en vacances.

— Vraiment ? C'est curieux le nombre de gens qui continuent à aller en vacances, tu ne trouves pas ? Moi, j'y ai renoncé depuis l'âge de dix-sept ans.

— Quel âge as-tu maintenant ?

— Vingt-neuf ans.

— Comme Joë.

— Ainsi Joë t'a plantée là ? À propos de quoi l'avais-tu asticoté ?

— Oh, à propos de tout et de rien !

Et je lui racontai l'histoire du billet. Nous causâmes une bonne demi-heure, puis la pensée me traversa l'esprit qu'il avait peut-être des choses plus importantes à faire ; il ne venait pas au café pour causer avec moi, il avait peut-être d'autres projets pour la soirée, et s'il perdait autant de temps auprès de moi, c'était parce qu'il trouvait triste qu'on m'eût laissée seule. Il devait être sensible aux histoires de cœur et au chagrin des autres. Dès que ce soupçon m'eut traversé l'esprit, il s'imposa à moi comme une vérité ; alors je regardai mon bracelet-montre et m'exclamai :

— Mon Dieu, il est tard ! Il est grand temps que je m'en aille.

— Non, non, pas encore, dit-il. Je vais te chercher un autre verre.

— Non, vraiment ! Il faut que je parte. J'ai du travail à terminer pour demain matin.

Je ramassai mon sac, mon écharpe et me mis à chercher du bout des pieds mes chaussures perdues sous la banquette.

— Je t'accompagne, dit-il.

— Ne sois pas ridicule, protestai-je sèchement. J'habite à quelques mètres d'ici.

— Allons, allons, ne te fâche pas, fit-il d'une voix apaisante. Je sais où tu habites. Je n'avais pas l'intention de t'offenser. Je sais très bien que tu es capable de faire le trajet seule. Permets-moi pourtant de t'accompagner.

— Pourquoi ? demandai-je en me chaussant avec peine. N'as-tu pas envie de rester et de bavarder avec tes nombreux amis ?

Et, d'un geste de la main, je balayai la salle.

Je n'étais pas encore convaincue qu'il souhaitait vraiment me ramener chez moi ; mais, comme je désirais sa compagnie, j'inclinais quand même à accepter son offre. Nous nous mîmes en marche dans la grande rue sombre. Mes escarpins fragiles, à hauts talons et lanières fines, menaçaient de me lâcher à chaque pas ; cette démarche hésitante avait agacé Joë, quelques instants plus tôt. Quand je trébuchai pour la cinquième fois, George eut un gentil sourire de reproche et m'offrit le bras. Je le pris et fus toute étonnée de découvrir, en m'y accrochant, combien ce bras était présent. Jamais jusqu'alors je n'avais touché George, et je m'étais imaginé qu'il n'était guère plus matériel que de l'herbe ou qu'un passereau ; or il était là, si réel sous ma main ! Je n'en revenais pas. Lui aussi parut quelque peu surpris, car il se tut et nous fîmes le reste du chemin sans dire un mot. Devant l'entrée de mon immeuble, nous nous arrêtâmes et je dégageai mon bras, un peu à contre-cœur. Puis je dis ce que j'avais décidé de ne pas dire :

— Pourquoi ne monterais-tu pas prendre un verre ? Ou une tasse de café. Ou ce que tu voudras.

Il me regarda, soudain menu, gracile, évasif, puis, très sur la défensive :

— Je ne suis pas contre. Ce serait charmant.

— Oui, ce serait charmant.

J'ouvris la porte de l'ascenseur et nous montâmes. Je me sentais déraisonnablement exaltée, et les détails familiers de l'immeuble prenaient tout à coup un charme singulier. Me suivant dans la cuisine, il semblait un peu impressionné par l'atmosphère de grande respectabilité familiale dont le décor restait imprégné, et j'eus un moment de panique. Peut-être n'y était-il pas tout à fait à l'aise ; peut-être n'aurais-je jamais dû parler avec lui plus de cinq minutes ; peut-être allions-nous nous voir l'un l'autre sous un éclairage social qui nous séparerait et mettrait fin pour toujours aux plaisanteries que nous échangions de loin en loin. Afin d'échapper à cette gêne, je lui parlai de mes parents, tandis que l'eau chauffait dans la bouilloire. Je lui expliquai qu'ils m'avaient laissé l'appartement, que j'aurais eu honte d'en tirer de l'argent en le sous-louant, et que pour personne je n'avais assez d'amitié pour l'inviter à vivre avec moi gratis.

— Il ne me reste donc qu'à vivre seule, concluai-je en mettant les grains dans le moulin à café et en pestant intérieurement contre ce ton de verbiage excité.

— Cela ne te plaît pas, de vivre seule ?

— À qui ça plaît-il ? fis-je avec un rire agacé.

— Oui, oui, tu as raison. Nous sommes tous humains, n'est-ce pas ?

Je le regardai et compris que, somme toute, ça n'allait pas trop mal.

— Tu m'as l'air de te débrouiller très bien seule, reprit-il, tandis que je versais l'eau bouillante dans la théière. Tu as de quoi t'occuper.

— Je fais de mon mieux.

Nous emportâmes le plateau au salon.

— Et toi ? repris-je, comme nous nous asseyions, moi dans un fauteuil, lui sur le canapé.

— Que veux-tu dire par ce : et toi ?

— Parle-moi de toi.

— De moi ? Que dire ?

Il eut un sourire désapprobateur et haussa les épaules avec une modestie affectée, très féminine.

— Raconte-moi tout de toi, dis-je avec une réelle avidité, parce que, sur le moment, je voulais tellement savoir. Oui, je voulais tout savoir de lui – j'étais avide, captivée, tendue. Mais il continua à sourire évasivement.

— Qu'entends-tu par tout ?

— Hé bien, par exemple, d'où viens-tu ?

— D'Ipswich.

— Je ne connais pas Ipswich.

— Je parie que tu ne sais même pas où c'est.

— Oh si ! Quelque part de ce côté.

Et je déplaçai bêtement la main dans l'air, sur une carte imaginaire de l'Angleterre.

Il poursuivit l'entretien sur le même ton, ne me racontant rien du tout, mais le racontant avec une telle assurance que je n'osai pas lui demander ce que faisait son père, ni lui poser aucune question précise. Et maintenant je voudrais tant en avoir eu le courage, et l'avoir empêché de changer de sujet, jusqu'à ce que j'eusse tout appris ! Très habilement, il déjoua les pièges de ma curiosité, et cela m'étonna d'autant plus que j'étais habituée à recevoir d'interminables confidences, que je n'avais pas sollicitées, de gens qui ne m'intéressaient pas le moins du monde. Il me vint à l'idée qu'il était peut-être le seul de tous mes amis et connaissances à ne pas être obsédé par la grandeur de son âme ou de sa carrière. C'était un homme qui ne se faisait pas valoir. Voici, semble-t-il, quel avait été le cours de sa carrière, seul point qui émergeât un peu clairement de notre entretien : il avait fait son service militaire à Hong Kong, où il avait travaillé pour *Overseas Broadcasting* ; ensuite, il était resté attaché à la BBC, avait voyagé au Proche-Orient deux ou trois ans, puis était revenu à Londres. Je lui demandai si c'était ennuyeux d'annoncer chaque jour des choses ennuyeuses ; il me répondit que oui, mais que ça lui plaisait de s'ennuyer. Alors je lui dis qu'il devait bien y avoir quelque chose qui l'intéressait, à défaut de son travail, et il répliqua : « Oui, toi. Pourquoi ne parlerions-nous pas plutôt de toi ? »

Je m'efforçai de répondre à sa modestie par une égale modestie ; mais, bien entendu, je n'y réussis pas. Il me posa des questions sur ma famille, et là il me fut facile d'être sincère. J'exposai, faits à l'appui, l'extraordinaire état d'esprit de mes parents, le mélange de principes socialistes et de scrupules bourgeois, et la façon dont ils avaient transféré, dans leur comportement moral et politique, les caractères les plus pénibles de leur héritage protestant non-conformiste.

— Il leur faut se punir eux-mêmes, comprends-tu ? Ils ne peuvent pas accepter que les choses soient agréables. Aller en Afrique et le reste, c'est une chose que les autres ne font pas, ils se contentent de dire qu'on devrait le faire. Mes parents, eux, le font. Pour nous élever, ç'a été pareil ; ils s'en tenaient strictement aux principes, jusqu'à l'absurde, ne nous demandant jamais où nous étions allés quand nous rentrions à trois heures du matin, nous envoyant dans des écoles communales, nous faisant soigner dans les dispensaires, nous laissant attraper un horrible accent cockney, faisant manger la femme de ménage avec nous, la présentant aux visiteurs, et toutes sortes de sottises du même genre. Dieu, qu'ils se faisaient souffrir ! Et pourtant, ils étaient si gentils, si bons, si doux, et les gens ne sont ni gentils, ni bons, ni doux, non ils ne le sont pas ! La femme de ménage a filé avec l'argenterie. Elle les méprisait, je voyais bien qu'elle les méprisait, et elle savait qu'ils ne porteraient pas plainte. Et le pire, c'est qu'ils n'ont pas du tout été surpris quand elle a filé. Ils avaient prévu que ça arriverait, ont-ils dit. Puis mon frère est parti, il a épousé une fille horrible dont le père est colonel, et le couple vit maintenant à Dorking, et il ne cesse d'inviter des tas de gens insipides à dîner et à jouer au bridge. Ma sœur, elle, a épousé un physicien, et ils habitent au sommet d'une colline, en pleine campagne, dans une résidence, près d'un centre atomique. La dernière fois que je suis allée chez elle, elle empêchait ses gosses de jouer avec les gosses d'à côté, sous prétexte que ceux-ci leur avaient appris à dire : « Sale c… ». Notre éducation a été un échec, c'est le moins qu'on puisse en dire.

— Sauf en ce qui te concerne, coupa George.

— Que veux-tu dire, sauf en ce qui me concerne ? Je ne me considère pas comme un spécimen réussi de quoi que ce soit.

— Tes parents ne sont-ils pas contents que tu aies obtenu une bourse ?

— Oh non, pas vraiment ! En un sens, ils ont été contents de me voir arriver à quelque chose. Mais ils me reprochent d'être une dilettante. Se spécialiser dans les sonnets élisabéthains ! Ce n'est pas comme si je m'occupais des romans du XIXe siècle, de quelque autre chose comme ça, qui en vaille la peine ! Ils voulait me voir étudier les sciences économiques à Cambridge. Ou au moins l'histoire.

— Pourtant, ils doivent se réjouir de te savoir indépendante.

Je le regardai, embarrassée, ne sachant s'il avait dit cela avec ou sans malice.

— Veux-tu un peu d'alcool ? Un whisky ?

— S'en réjouissent-ils ?

— Je ne suis pas si sûre que ça d'être indépendante, répondis-je en me levant et en me dirigeant vers la radio. Ce qui est sûr, c'est que j'aimerais l'être.

J'appuyai sur le troisième bouton. C'était du Mozart. Je le laissai.

— Ne travailles-tu donc pas ce soir ? dis-je. Est-ce que tu ne devrais pas être là-bas à faire des annonces, à présenter des programmes ?

— Pas ce soir. C'est bien vendredi, n'est-ce pas ? Pourquoi me demandes-tu cela ? Tu désires que je m'en aille ?

— Non, non, pas du tout. Je suis contente que tu restes. Si tu le souhaites.

Je m'attardai près de la radio, le regard tourné vers lui et il me regarda aussi, et il semblait m'inviter, pas clairement toutefois, à venir m'asseoir près de lui sur le canapé. Ce que je fis. Il me prit la main, se mit à me baiser les doigts l'un après l'autre. Au bout d'un moment, je me rappelai ce que j'avais dans la tête depuis un moment :

— Tu sais, ma mère est très féministe. Elle m'a élevée dans l'idée d'égalité absolue. Avec elle, la question ne se posait pas, aucune différence. J'étais l'égale des autres. Je suis leur égale. Sais-tu quel était son credo ? Ce que disait la reine Élisabeth, remerciant Dieu de lui avoir donné tant de dons que, si on l'exilait en jupon dans n'importe quelle partie de la chrétienté, elle ferait... je ne me rappelle plus quoi... Ma mère nous citait ce propos chaque fois que nous avions peur de passer des examens, ou d'aller à des soirées dansantes. Il faut que je sois à sa hauteur, tu sais.

Et, à mon tour, je lui pris la main et la portai à mes lèvres. Comme elle était belle, mince et fraîche, cette main ! Je la baisais avec une vague tristesse. Aussitôt il me prit dans ses bras et me couvrit de baisers le visage. Puis nous retombâmes en arrière et nous restâmes étendus, silencieux. Le sachant un peu minet, je n'avais pas du tout peur de lui, car je croyais qu'il n'attendrait rien de plus de moi ; et la pensée qu'il m'aimait peut-être, qu'il éprouvait de l'intérêt pour moi, m'émouvait, me touchait et me rendait heureuse. Je fus heureuse, si heureuse, pendant cette heure où nous restâmes étendus côte à côte, car je croyais le voir vraiment avec les yeux de l'amour, et il me semblait si déraisonnablement précieux ! J'évoque avec une sorte d'angoisse chaque contact, chaque regard, chaque mouvement conjoint de nos membres, de nos têtes, de nos mains. Je les ai revécus chaque jour, depuis si longtemps que je crains d'oublier la réalité de ces instants ; car, chaque fois que je les repasse dans ma mémoire, je voudrais avoir donné un peu plus ici, un peu plus là, ou au moins avoir dit ce qu'il y avait dans mon cœur, pour que George ait su tout ce que cela signifiait pour moi. Même heureuse, j'étais incapable de me livrer moi-même à ce point.

Bientôt la radio se tut et nous restâmes là, dans le silence que seul rompait le ronronnement du moteur. Je me redressai et dis :

— Il faut que je ferme la radio, je ne peux pas supporter ce bruit.

Mais il s'accrocha à moi :

— Non, n'y va pas.

Je m'arrachai à lui, répétant qu'il le fallait. Et avant même de savoir où j'en étais, je me surpris à penser que je ne pourrais pas l'arrêter, lui, si vraiment il me voulait, car je l'aimais. Si je l'arrêtais, il croirait que je ne l'aimais pas. Et puis, si cela devait être, que ce fût maintenant ou jamais ; et après tout, ce serait bon pour moi. Alors je fermai les yeux, étroitement, et j'attendis. Ce fut très simple, car nous étions en été, je ne portais qu'une robe légère, et il paraissait très bien savoir ce qu'il faisait. Mais à ce moment-là, moi aussi, bien entendu, je *paraissais* savoir, et je ne savais pas. Cependant je fis en sorte de sourire bravement, pour ne pas le peiner, en dépit de la vive douleur que j'éprouvais, et j'espérais que la vérité n'apparaîtrait pas dans toute son évidence. Je me souviens qu'il me caressa les cheveux, juste avant, et qu'il dit, à sa manière si chevaleresque, si merveilleusement polie :

— Est-ce bien ? Es-tu bien ? Ça ira-t-il ?

Je compris ce qu'il voulait dire et, les yeux fermés, je souris, j'inclinai la tête. Et puis cela arriva et ce fut fini. Ce qui prouve que la duperie est un écheveau embrouillé. Et je ne pouvais blâmer que moi. Mais, quand je rouvris les yeux, il n'y avait que George. Je lui serrai la tête contre mes seins et je m'écriai en pleurant :

— Oh George, raconte-moi tout ! Raconte-moi tout de toi.

C'était son tour de fermer les yeux. Avec des gémissements plaintifs, il enfouit son visage contre moi. Je lui caressai les cheveux et le léger creux hâlé de la joue. Au bout d'un moment, il murmura : « Oh, mon Dieu, à quoi bon ? » Ces paroles étaient à peine perceptibles, cependant c'est ce que je crus entendre. Sur l'instant, cette exclamation me troubla un peu, moins cependant qu'elle ne le ferait par la suite. Et, au bout de quelques minutes, je me levai, fermai la radio, passai dans la salle de bains, lui laissant le temps de s'arranger, ou même, s'il le souhaitait, de disparaître. Je revins, un peu plus tard, en robe de chambre, et le trouvai encore là, assis où je l'avais laissé, mais droit et les yeux ouverts.

— Salut ! fis-je en souriant avec gaieté, pour cacher le trouble, les incertitudes qui me déchiraient.

— Salut, George ? répétai-je. Veux-tu boire quelque chose ?

— Oui, volontiers, répondit-il.

Alors j'allai à la cuisine, d'où je revins avec une bouteille de whisky, ou plutôt ce qui en restait, et nous bûmes chacun un grand verre. Je m'étais assise sur le parquet, adossée à ses genoux, ce qui me donnait l'impression, extrêmement réconfortante, d'être en contact avec lui sans le toucher. Il posa les mains pesamment sur ma tête, ce qui me réconforta aussi. Je vidai mon verre presque d'un seul trait et me sentis mieux. « Après tout, me dis-je, il y a des gens qui font ça parce qu'ils s'y croient obligés. Par simple politesse, parce qu'ils pensent qu'on les a invités dans ce seul dessein. Non, les gens n'agissent pas toujours comme ça ! Il en a eu un peu envie, sinon il n'en aurait pas pris la peine. Si gentil qu'il m'apparaisse, il ne peut pas l'être à ce point. Il appartient sans doute à l'espèce des bisexuels. Ou peut-être n'est-il pas plus minet que je ne suis une fille facile, quel que soit le nom qu'on donne à ce que je feins d'être. Peut-être nous plaisons-nous parce que nous rivalisons d'hypocrisie. »

Au bout d'un moment, George dit :

— Rosamond, il faut que je m'en aille.

— Vraiment ?

— Oui.

Je ne savais pas si je devais lui offrir de rester, car, ma proposition à peine formulée, sa gentillesse et sa courtoisie l'auraient peut-être forcé de l'accepter contre mon gré. Aussi ne dis-je rien, mais je continuai de m'appuyer sur lui, sentant le poids de sa main sur ma tête, sa main chaude, douce, rassurante, qui semblait m'envelopper tout entière ; et je savais qu'il était impossible de prolonger à jamais cet état de sécurité illusoire et momentanée. Enfin je me levai et je dis qu'il était tard, et que j'espérais qu'il n'était pas trop tard et qu'il pourrait encore se rendre là où il devait aller. Même alors, même à cet instant, je n'eus pas le courage de lui demander où il habitait, ni quel était son numéro de téléphone, car j'aurais eu l'air de m'immiscer dans ses affaires, de m'arroger un droit, de laisser entendre qu'il existait un avenir au cours duquel il me serait utile de connaître cette adresse, ce numéro. Je vois, oh oui, je vois que mes hésitations, ma répugnance à m'imposer, ressemblaient à de la froideur, à de l'indifférence. Et peut-être est-ce ce que je voulais. Mais ce n'est pas ce que je ressentais dans mon cœur. Je ne peux pas me forcer à dire : « Où habites-tu ? Donne-moi ton numéro de téléphone. Appelle-moi. Puis-je t'appeler ? » Et si on ne veut pas de moi ? Si je suis une raseuse ? C'est pourquoi je le laissai partir, sans aucune allusion à une prochaine rencontre, alors que j'aurais tant voulu le garder, l'avoir dans mon lit toute la nuit, endormi sur mon oreiller ! Mais je ne dis rien. Et il ne dit rien non plus. Il aurait pu parler. Il aurait pu demander : « Quand te reverrai-je ? » Mais il ne le demanda pas. Peut-être à cause de l'indifférence que j'avais manifestée. Peut-être parce qu'il n'en avait pas envie. Et comme cette conclusion était la plus déplaisante, c'est à elle que je me suis ralliée le plus volontiers. À moins que lui non plus n'ait pas voulu paraître présomptueux.

Il partit, je me couchai et je restai un bon moment immobile, réfléchissant à ce que nous avions dit et fait. Je ne parvenais pas à m'endormir. Pendant une heure, je me sentis plutôt heureuse ; puis au fur et à mesure que la nuit passait sans que je pusse dormir, les soupçons, les doutes commencèrent à me torturer l'esprit. Je n'éprouvais ni regret, ni sentiment de culpabilité – ce qui venait d'arriver était irrémédiable – non, je continuais à n'éprouver qu'un grand soulagement. Mais de telles choses n'appartiennent pas au domaine de l'abstrait, et les circonstances me troublaient. Je repassais dans ma tête les moindres mots prononcés par George ; et plus je me les répétais, plus il devenait clair qu'il n'avait exprimé ni attirance, ni affection pour moi. Il avait dit que je l'intéressais, mais il l'avait dit comme par espièglerie, par jeu. Et de toute façon ce qui avait eu lieu pouvait se placer sur le terrain d'une vague sympathie. Je me tournai et me retournai sur l'oreiller, cherchant un endroit frais où poser ma joue, et il m'apparut de plus en plus clairement qu'il n'avait fait aucune avance ; c'était moi qui avais franchi le pas décisif en allant m'asseoir auprès de lui, sur le canapé, après avoir allumé la radio ; et le regard qui, avais-je cru, m'invitait à le rejoindre, ne signifiait rien de pareil. Je m'étais offerte, ce que voyant il avait accepté, par gentillesse, par curiosité ou par gêne – en tout cas, il n'avait ressenti rien qui ressemblât au tendre émoi qui m'avait poussée vers lui. Plus je réfléchissais, plus cela me semblait sans espoir. Si George m'avait aimée, il m'aurait sûrement proposé de me revoir.

Je finis par me convaincre – presque, pas tout à fait – que le pire était vrai. En même temps je savais que ce n'était pas vrai, je savais qu'il téléphonerait, qu'il m'avait trouvée gentille et qu'il serait content de continuer à m'aimer. Mais je devais me préparer au pire. Je ne voulais pas être déçue, je ne voulais pas être attrapée par surprise.

George ne téléphona pas. Au bout d'une semaine, je compris qu'il ne le ferait pas et je renonçai à cet espoir. J'aurais pu facilement le revoir en allant à son bar, ou même en déambulant Portland Place et Upper Regent Street à l'heure voulue, mais la fierté m'en empêcha. « S'il ne veut pas de moi, me dis-je, je ne veux pas le voir non plus. » Et je me tins résolument éloignée de tous les endroits où j'aurais eu une chance, même minime, de le croiser. J'allai jusqu'à suivre chaque matin un chemin différent pour me rendre au British Museum. Un jour, obligée d'accompagner une amie, qui passait par Wigmore Street, je me mis à trembler de crainte et d'espoir. Mais, à Londres, il est facile d'éviter les gens et je me débrouillai. La géographie locale prit toutefois une signification psychique effrayante : elle devint la carte de mes faiblesses et de mes forces, paysage tourmenté, composé de petits bourbiers et d'abîmes, semblable à celui que traversa Bunyan. J'évitais tous les endroits où nous nous étions rencontrés, tous ceux auxquels il avait fait ne fût-ce qu'une simple allusion. Une fois, m'avisant qu'il me fallait faire un achat chez Peter Robinson à Oxford Circus, je me retins à temps. Je restai fidèle à cette règle de conduite. Et à mesure que la semaine s'allongeait en quinzaine, que la quinzaine devenait mois, il m'était de plus en plus difficile de m'en écarter.

Je ne m'aperçus pas tout de suite que j'étais enceinte. Certes, l'éventualité m'avait parfois effleuré l'esprit, mais je l'avais rejetée comme étant d'un ridicule achevé ; cette manifestation de ma croyance en une fatalité inéluctable ne méritait pas de retenir mon attention. Quand force me fut d'admettre la réalité de mon état, je me sentis, pour la première fois de ma vie, complètement perdue. Je revois encore ce moment. J'étais au British Museum, à ma place habituelle, plongée dans une étude sur Walter Raleigh, lorsque tout à coup de la brume émergea ce soupçon, qui prit aussitôt corps et devint certitude. Je tirai de ma poche mon agenda et, fébrilement, j'en feuilletai les pages, vérifiant les dates, ce qui n'était pas facile puisque je ne prenais jamais note de quoi que ce fût, à plus forte raison de détails aussi insignifiants que le fonctionnement de mes entrailles. Cependant, après un effort de mémoire assez ardu, je réussis à situer la date et à me convaincre que le soupçon était fondé. Je regardai mes mains trembler sur le bureau, et, pour la première fois, l'avenir m'apparut sous un jour si terrifiant que, même moi qui passais mon temps à prévoir et à me créer un destin malheureux, je ne pus le regarder en face. C'était une sensation nouvelle, ce vide qui m'occupait l'esprit, au lieu des innombrables visions de désastre dont je l'inondais d'habitude. Je restai dans cet état cinq bonnes minutes avant de remettre en marche, avec lassitude, mon imagination. Ce qu'elle produisit n'avait rien de séduisant. Gin, psychiatres, hôpitaux, accidents, jeunes villageoises noyées dans la mare aux canards, larmes, souffrances, humiliations. Rien, à ce moment, qui ressemblât à un enfant. Ces sombres prévisions m'absorbèrent plus d'une demi-heure et je commençai à me dire que j'allais être forcée de me lever et de rentrer chez moi, ou bien d'aller boire une tasse de café, ou n'importe quoi d'autre. Mais d'ordinaire je ne partais qu'une heure plus tard, et je ne pus me décider à changer mes habitudes. J'avais si souvent souhaité ne pas faire mes trois heures pleines, j'avais si souvent résisté à l'appât d'un peu de compagnie ou de distraction qui m'aideraient à en venir à bout, que je me sentais obligée de rester, le regard fixé sur les poèmes de sir Walter Raleigh, simulant un intérêt que j'étais loin d'éprouver. Néanmoins, au bout de quelque temps, je m'aperçus que mon attention n'était plus feinte ; accablé par cette obsession qui m'avait d'abord paru intolérable, mon esprit revenait – presque de lui-même – à ses préoccupations accoutumées ; et, à la fin de la matinée, j'avais respecté le plan que je m'étais fixé. Cela me procura une grande satisfaction. Oui, j'étais très satisfaite de moi. Tout en suivant la rue à pied pour aller déjeuner avec Lydia, je découvris une nouvelle source de satisfaction : à présent, au moins, je serais forcée de revoir George. J'avais une bonne excuse pour le revoir.

Plus tard, dans l'après-midi, je compris que je verrais George moins encore qu'auparavant. Cela ne me fut pas facile, d'envisager la situation dans toute sa complexité. Quand j'eus saisi toutes les conséquences de ma duperie, une évidence s'imposa à moi : je garderais secrète toute l'affaire. Il m'était impossible d'affronter la curiosité ni même la sollicitude d'autrui. Je décidai de m'en tirer seule, du mieux que je pourrais. J'ai déjà raconté la tentative risible que je fis avec le gin. Ensuite, je m'adressai à une amie de Cambridge, qui s'était fait avorter ; je lui demandai l'adresse et les détails. Elle me les donna. Je composai le numéro sur le cadran ; il n'était pas libre. Je m'en tins là. Je n'aime pas revivre en pensée ces premières semaines, pendant lesquelles personne, sauf moi, ne sut ce qui m'arrivait. Cela ressemblait trop à un cauchemar, à une hallucination ; et, chaque matin, en me réveillant, je me disais que ce n'était qu'un mauvais rêve, né de mon sentiment de culpabilité non conformiste ; j'en arrivais même à me demander si les symptômes qui m'affectaient n'étaient pas d'ordre purement psychique. Ce fut la crainte d'être le jouet de mon subconscient qui me poussa chez un médecin.

Ce n'était pas simple ! D'abord, je ne savais pas à quel médecin m'adresser. Il y avait des années que je n'avais pas été malade, si bien que je ne savais pas du tout comment il fallait s'y prendre. À dire vrai, ça ne m'était pas arrivé depuis que j'étais adulte. Le seul docteur que je connaissais était notre vieux médecin de famille, qui vivait à Putney, près de notre ancienne demeure familiale, maintenant abandonnée, et le consulter était hors de question. La bonne marche à suivre consistait sans doute à aller voir le médecin le plus proche. Mais comment savoir qui il était, où il demeurait ? Habitant à deux minutes de marche de Harley Street, je tremblais d'entrer par erreur dans la salle d'attente de quelque spécialiste, qui m'eût fait payer cinquante guinées ce que je pouvais et devais avoir pour rien. En vraie fille de mes parents, cette perspective m'offusquait, aussi bien sur le plan moral que sur le plan financier. D'un autre côté, il ne me semblait pas très intelligent de choisir exprès un cabinet de consultation d'apparence bien minable, qui ne pouvait donc subsister que grâce aux subventions du ministère de la Santé publique. C'est pourtant ce que je fis. Un jour, comme je revenais de l'exposition de peinture de quelque lointain ami, je passai par une petite rue coupant George Street et je vis sur une porte une plaque de cuivre portant ces mots : « Dr H.E. Moffatt ». Un globe électrique éclairait le battant, sur lequel on lisait également, en grandes lettres noires : « Cabinet de consultation ». Ce n'était pas le genre de porte derrière laquelle on pouvait réclamer cinquante guinées. Je notai les heures de consultation et résolus d'y retourner le lendemain, à cinq heures trente.

Cette visite fut une révélation, l'initiation à un nouveau mode de vie, qui allait désormais être le mien. Une initiation à la réalité, si vous préférez. Puisque les consultations commençaient à cinq heures trente, je mis un point d'honneur à arriver tôt et à en finir au plus vite ; j'arrivai donc à six heures moins vingt-huit, croyant que j'attendrais à peine. Mais quand j'ouvris la porte en bois verni, tout écaillée, je vis une salle d'attente regorgeant de malades qui patientaient. Une vingtaine au moins. J'hésitais sur le seuil, prête à modifier mes plans, lorsqu'une femme en blouse de nylon blanche surgit et me dit, d'une voix rogue :

— Entrez, entrez puisque vous y êtes. Et ne laissez pas la porte ouverte, c'est écrit sous la sonnette, ça fait un boucan terrible dans la rue.

Docilement, j'entrai et refermai la porte. Je n'avais pas la moindre idée de ce que j'étais censée faire ensuite : devais-je m'asseoir, donner mon nom à quelqu'un ? Je me sentais désemparée, nue, sous ces rangées de regards silencieux. Je restai sur place un moment. Puis la femme en blanc, qui était allée parler à un très vieil homme, assis presque sur un radiateur à gaz qui ronronnait bruyamment, vint vers moi et, sur un ton de neutralité forcée, me dit :

— Vous venez voir le Dr Moffatt ?... Vous êtes une nouvelle patiente ?

— Oui.

— Avez-vous apporté votre carte de Sécurité sociale ?

— Oh non, je l'ai oubliée, je suis désolée ! répondis-je, toute honteuse.

Je voyais bien que j'avais commis une bévue. Je ne connaissais pas le système.

— Seigneur ! soupira-t-elle avec lassitude. Pensez à l'apporter la prochaine fois. Comment vous appelez-vous ?

— Stacey. Rosamond Stacey.

— Madame ou mademoiselle ?

— Mademoiselle.

— C'est bon. Allez vous asseoir.

— À propos, repris-je, je connais le numéro de ma carte, si cela peut servir.

— Pas possible !

Elle s'anima un peu, à la pensée de cet extraordinaire exploit mnémotechnique. J'indiquai le numéro, satisfaite d'avoir été de quelque secours, mais assez gênée de me donner ainsi en spectacle. À l'école, une infirmière féroce m'avait obligée à apprendre ces chiffres par cœur, un jour que j'avais oublié d'apporter ma carte pour une de ces assommantes visites médicales scolaires auxquelles les jeunes écolières sont périodiquement soumises. Depuis, je n'avais jamais eu l'occasion de me servir de ce numéro. Tout arrive un jour, sans doute. La femme en blanc l'inscrivit sur un registre, me dit de nouveau d'aller m'asseoir, puis disparut derrière une petite cloison de contreplaqué, située dans un angle de la salle. Je voulus suivre son avis, mais il n'y avait pas la moindre place libre. J'allais m'adosser au chambranle de la porte lorsque deux femmes se poussèrent un peu sur un banc, laissant un coin pour moi. Je m'y insérai et me préparai à une longue attente.

En effet, cela dura plus d'une heure, ce qui me permit d'observer mes compagnons de patience. Les gens que j'avais coutume de croiser dans mon quartier familial formaient un ensemble assez mélangé, mais élégant, riche, mis à part d'occasionnels clochards, mendiants, ou manœuvres de la voirie ; or, ici, dans cette pièce, se trouvaient réunis des représentants d'une population dont j'avais à peine remarqué l'existence. Quelques étrangers : un Antillais, un Pakistanais, deux Grecs. Plusieurs vieillards, minables avec respectabilité pour la plupart, une vieille femme, cependant, pire que minable. Énorme amas de chair, vêtu de loques que retenaient des épingles à nourrice, d'un vieux manteau de fourrure mité, à demi-ouvert, qui laissait voir plusieurs couches de chandails grossiers, tricotés à la main, dans les tons marron, bleu marine et kaki. Des bas de coton, sous lesquels se devinaient des jambes douloureusement enflées, retombaient en plis sur des chaussures noires, éculées et fendues par endroits. La vieille parlait toute seule tout le temps ; long et pitoyable monologue, évoquant un tissu de persécutions mesquines. Personne n'écoutait. Il y avait aussi deux jeunes secrétaires ou serveuses ; assises l'une à côté de l'autre, elles regardaient les images d'une revue en gloussant de rire ; mon regard se portait sans cesse vers elles, car elles étaient les seules dans cette pièce à ne pas avoir l'air abattu ni angoissé. Les plus accablées, c'étaient, sombre présage, les mères. Il y avait quatre mères avec de jeunes enfants et toutes paraissaient épuisées. L'une tenait un bébé sur ses genoux ; elle lui souriait de temps en temps avec une tendresse et une anxiété sous lesquelles perçait la lassitude. Les autres avaient de plus grands enfants, dont deux chahutaient dans la salle ; ils ne faisaient pas de bêtises, si ce n'est mettre les revues en désordre, et personne ne leur prêtait attention, sauf leurs mères, qui ne cessaient de les attraper au passage, de les gifler et de les gronder, dans un vain effort – en fait, provocateur – pour les faire s'asseoir et se tenir tranquilles. C'était une vision attristante. Je me demandais où toutes les autres personnes de mon quartier s'en étaient allées : les sémillantes jeunes femmes en manteau vert émeraude à col de fourrure, les jeunes hommes en veste de cuir, les femmes d'âge mûr tenant un chien en laisse, les joyeuses mères avec leurs enfants rieurs, les hommes à l'élégant parapluie. Ils se trouvaient dans les salons d'attente de Harley Street, sans aucun doute.

Quand vint mon tour d'entrer chez le docteur, mes ennuis me semblèrent si mesquins, comparés aux maladies de l'âge, aux soucis, à la pauvreté, que j'hésitai à en parler. Il fallait pourtant en passer par là. L'infirmière m'introduisit dans la salle de consultation. Le Dr Moffatt était un homme jeune, harassé, au regard vif, aux cheveux roux clairsemés. J'avais pitié de lui. Il venait de passer une heure plus pénible que la mienne. Il me pria de m'asseoir et me demanda ce qu'il pouvait faire pour moi. Je lui dis que je croyais être enceinte ; il me demanda depuis combien de temps j'étais mariée ; je répondis que je ne l'étais pas. C'était tout simple. Il hocha la tête, plus navré que furieux, et me demanda si mes parents étaient au courant. Je répondis oui, pensant que c'était plus facile, et ne voulant pas m'embarquer dans de longues explications sur leur séjour en Afrique. Il m'interrogea : se montraient-ils compréhensifs ? Je me contentai de sourire, d'un sourire lumineux et vide : « Oui, assez. » Puis nous comptâmes les jours et il dit que ce serait pour mars. Ensuite, il m'expliqua qu'il essayerait de m'obtenir un lit à l'hôpital, car on manquait de lits dans les maternités. À sa demande, je lui donnai mon adresse. Habitais-je avec ma famille ? Non, je vivais seule. Avais-je entendu parler du « Foyer des mères célibataires de Kentish Town » ?... Oui, on m'en avait dit deux mots, les dirigeants de cette institution étaient très gentils et s'occupaient des adoptions et autres formalités. Le médecin répéta qu'il s'informerait au sujet du lit d'hôpital et me pria de revenir dans une quinzaine. Et ce fut terminé.

Je sortis dans l'air froid du soir et marchai sans but en direction de Marylebone Road, maussade non parce que j'allais avoir un bébé, mais parce que cela m'avait surprise et agacée d'attendre si longtemps. Tous les autres, là-bas, avaient l'air résigné, ils avaient prévu qu'ils attendraient. J'étais la seule qui l'ignorât. Combien de choses importantes ignorais-je encore ? Et, parmi elles, combien y en avait-il que je serais bien obligée de découvrir ? Débouchant dans Marylebone Road, je me dirigeai vers la flèche, joliment colorée, de Castrol House. Je me sentais menacée. Je sentais mon indépendance menacée ; je ne voyais pas comment j'allais pouvoir me débrouiller seule.

Ayant donc décidé d'avoir le bébé – ou plutôt n'ayant pas réussi à décider de ne pas l'avoir – il me fallait passer aux aveux. Ce n'est pas le genre d'événement que l'on peut cacher toujours, et déjà trois mois s'étaient écoulés. L'absence de mes parents était opportune, à ce point de vue, et je ne voyais fréquemment aucun autre membre de ma famille.

Mon frère : tous les quatre mois, par devoir – ce n'était pas difficile à éviter, pour une fois. Quant à ma sœur, qui avait trois enfants, je pouvais tout lui dire : elle se montrerait plus compréhensive. Nous nous entendions très bien, pour des sœurs. Cependant, de jour en jour, je remis le moment de lui écrire. Je ne pouvais pas supporter l'idée de tout l'embarras que ça ferait. Je détestais causer des ennuis aux gens.

Mes amis personnels, c'était une autre affaire. Que décider à l'égard de Joë et de Roger ? Ça ne me plaisait guère, de m'exhiber à la ronde avec eux, alors que j'attendais l'enfant d'un autre – je ne pensais pas que ça leur plairait beaucoup non plus, bien qu'on ne puisse jamais savoir. D'un autre côté, la perspective de toutes les soirées que j'affronterais seule, si je me débarrassais d'eux, ne me réjouissait pas. C'était déjà assez difficile comme ça, de ne pas se laisser aller à la tristesse, sans avoir en outre des heures de solitude à tuer ! Et puis, je ne savais pas comment annoncer la nouvelle. Fallait-il attendre que cela se vît à l'œil nu ? Sûrement pas ! Ce qui signifie qu'il ne me restait plus beaucoup de temps. Déjà je ne pouvais plus fermer mes jupes, ni mettre mes soutiens-gorge. Je répétai la scène plus de trente fois dans ma tête, sans jamais parvenir à en assembler les divers éléments avec un peu de grâce, d'habileté, de tact, ou de manière à me donner le beau rôle. Je finis par conclure que c'était avec Joë que ce serait le plus facile, parce que je le connaissais mieux. Donc, un beau soir, presque involontairement, j'attaquai le sujet, à la suite d'une remarque qu'il avait faite alors que nous nous promenions dans Park Lane.

— As-tu vu, me demandait-il, le film de Bergman qui se passe dans une maternité ?... Un établissement où toutes celles qui n'en veulent pas font des fausses couches ?

— Ne me parle pas de maternité, je t'en prie ! répondis-je, sans presque y penser.

— Pourquoi ? Cela te gêne ? Tu n'aimes pas ce genre de choses ? Une femme aussi peu femme que possible, voilà ce que tu es !

— Quelle sottise ! Je te prie de ne pas me parler de maternité, un point c'est tout. Je ne vais que trop vite m'y trouver moi-même.

— Quoi ? fit-il.

— Je suis enceinte, criai-je avec colère.

— Oh !

Mais il continua de marcher. Au bout d'un moment, il demanda :

— Tu ne vas pas l'avoir, n'est-ce pas ?

— Si, je vais l'avoir.

— Pourquoi ?

— Et pourquoi pas ? Je ne vois pas pourquoi je ne l'aurais pas. Et toi ?

— Je peux énumérer une centaine de raisons pour que tu ne l'aies pas. L'avoir, c'est une idée complètement farfelue, ridiculement romanesque et d'une incomparable stupidité ! Tu as perdu l'esprit.

— Je ne vois pas pourquoi, répétai-je avec obstination.

— Qu'en dit le principal intéressé ? C'est sa faute, après tout. C'est à lui de te tirer de là. Il est assez riche, n'est-ce pas ? Pourquoi ne le fais-tu pas payer et ne t'en libères-tu pas dans de bonnes conditions ?

— Tu veux parler de Roger ? dis-je d'une voix faible.

— Hé bien, oui ! Roger. Pourquoi ne vous mariez-vous pas ? Pour l'amour de Dieu, ne te donne pas la peine de me l'expliquer. Je ne peux pas imaginer qu'on puisse vouloir épouser un pareil morceau de médiocrité égoïste et bien habillée. Mais si tu ne l'épouses pas, tu pourrais faire quelque chose.

— Je ne veux rien faire.

— Ne me dis pas que tu *veux* un enfant !

— Ça ne m'ennuie pas.

— Qu'en pense-t-il, lui ? Si toutefois il est capable de penser…

— Je ne le lui ai pas encore dit.

— Tu ne le lui as pas dit ? Tu as vraiment perdu la tête ! Et pourquoi cela ?

— Je n'ai pas réussi à m'y décider.

— Bonté divine ! Je renonce. Qu'as-tu fait ?

— Je suis allée voir un médecin, répondis-je non sans fierté. Et il m'a retenu un lit à l'hôpital.

— Bon sang ! murmura-t-il comme pour lui-même en regardant le ciel noir à travers les arbres éclairés au néon, elle ne parle pas en l'air ! Elle va l'avoir !

Il était désemparé, le pauvre Joë, je le sentais. Cette idée ne lui plaisait pas du tout !

— Non, il ne faut pas que tu l'aies ! reprit-il après un bref silence. Je te le défends. Cela ruinerait ta vie. Si tu as besoin d'argent, je vais t'en prêter. Combien veux-tu ?... Cent livres ?... Deux cents ?... Allons, dis !... De quelle somme as-tu besoin ?

— Merci beaucoup, Joë, fis-je, touchée. Je n'ai besoin de rien. De toute façon, il est trop tard, maintenant.

J'affirmai cela avec autorité, et pourtant j'ignorais tout à ce sujet, de même que je n'avais rien su des effets du gin, ou de l'atmosphère qu'on respire dans les salles d'attente de médecins. Mais son ignorance égalait la mienne et il me crut.

— Après tout, si tu veux faire des bêtises, fais-les ! Tu as sans doute toujours rêvé d'avoir un enfant. Mais ne t'imagine pas que tu pourras le garder avec toi. On ne te le permettra pas. Tu te précipites au-devant d'un tas d'embarras. Et pourquoi, je te le demande ?... Pour rien !... En fin de compte, tu auras gaspillé ton temps et ta sensibilité en pure perte.

Je ne trouvai pas tout de suite la réponse, tant j'étais heurtée par ce qu'impliquaient ses paroles : premièrement, que j'appartenais à la catégorie des femmes qui nourrissent un secret désir de maternité ; deuxièmement, que quelque autorité inconnue allait contrecarrer ma décision en me retirant ce bébé hypothétique. Il me fallait d'abord régler le premier point.

— En voilà une idée !... Je n'ai jamais souhaité jusqu'ici avoir un enfant. Si une chose m'est bien étrangère, c'est celle-là. Les enfants me laissent tout à fait froide.

— Taratata ! fit Joë. Toutes les femmes veulent des enfants. Pour se donner une raison d'être.

— Cesse donc de débiter des absurdités, m'écriai-je, irritée. Oui des absurdités enfantines, réactionnaires et d'une incroyable bêtise ! Tu ne vas tout de même pas prétendre qu'un être humain, quel qu'il soit, ait jamais supporté les inconvénients physiques – souffrances et autres – que causent les bébés pour une chose aussi vague qu'une *raison d'être !* Ça ne rime à rien.

— Qu'est-ce qu'on ressent ? demanda Joë, un moment désarçonné.

— Pas grand-chose. On ne remarque guère de différence, répondis-je, contre toute vérité. Pas encore.

— Bien, admettons que la pensée d'avoir un enfant ne t'ait jamais effleurée. Il n'en reste pas moins que tu aurais été drôlement ennuyée, avoue-le, si on t'avait dit que tu ne pourrais pas en avoir.

— Non, pas du tout. J'aurais été très soulagée. Rien ne me ferait plus plaisir.

À dire vrai, il avait raison. D'une façon assez perverse et attristante, j'étais fière de mon évidente fécondité.

— Alors, reprit Joë, je ne comprends pas pourquoi tu n'as rien tenté.

Je me tus, parce que, moi non plus, je ne le comprenais pas. Sur ces entrefaites, nous étions arrivés à Marble Arch ; il avait été entendu un peu plus tôt que Joë prendrait le métro à cette station et rentrerait chez lui. Nous nous arrêtâmes devant l'entrée et je dis :

— Il vaut mieux sans doute que nous ne sortions plus ensemble comme nous le faisions.

— Pourquoi ?

Le silence tomba et, soudain, je me sentis accablée de tristesse et de lassitude. Je n'entrevoyais plus d'avenir, et mon absence totale de direction, de maîtrise de moi, m'épouvantait. Je ne savais plus qu'une chose, c'est qu'il me fallait me débarrasser de Joë au plus vite, avant qu'il ne devinât mon désarroi, car Joë était capable de pitié et de gentillesse.

— Je ne sais pas pourquoi, répondis-je gaiement. Au fond, ça ne me dit plus rien, de sortir. Et puis, réfléchis un peu, ce serait gênant pour toi, de promener partout une femme enceinte. Tout le monde croirait que tu es le père, et on te harcèlerait à ce propos. Tu sais à quel point les gens refusent de croire qu'il puisse y avoir quelque chose de bien dans des relations entre un homme et une femme.

— Tu ferais mieux de dire cela à Roger, fit Joë, en fixant sur le sol un regard morose.

— Au fait, ce n'est pas Roger, déclarai-je, estimant que, si commode que fût ce malentendu, je n'avais pas le droit de le laisser prendre corps.

— Ce n'est pas Roger ?

— Non.

— Par exemple !

— Ainsi, tu vois, les choses ne sont pas tout à fait aussi simples qu'elles le paraissent.

J'avais dit cela sur un ton qui sous-entendait un si grand nombre d'éventualités qu'il sembla tout à fait convaincu. Il ne trouva rien d'autre à ajouter que :

— Ah, bon !… Je comprends.

Ce qui, en réalité, était impossible. Quoi qu'il en soit, sur cette entente née d'une erreur, il me prit la main, la serra paternellement.

— Veille bien sur toi, Rosamond.

— Oui, oui.

— Nous nous reverrons, je pense.

— Oui, sans doute.

Et nous nous séparâmes. Tout en rentrant à pied chez moi, je me demandais ce qu'il avait bien pu imaginer. Certainement pas la vérité, car cette vérité était trop invraisemblable, trop absurde pour qu'il pût la découvrir. Peut-être – finis-je par conclure – avait-il pensé que j'avais un autre homme dans ma vie, un homme que je refusais d'épouser et dont je ne voulais pas parler, un homme que, par quelque illogisme inhérent à ma nature, je préférais cacher. C'est du moins ce que j'espérais. C'était la conclusion qui satisfaisait le plus ma vanité et la sienne.

Ayant ainsi liquidé Joë avec succès, il me fallait liquider Roger. Pénible tâche, que je redoutais plus encore que la précédente, car si Joë et moi avions en commun une certaine éthique, je ne partageais rien du tout avec Roger. Or, il se trouva que la soirée au cours de laquelle je lui révélai mon état fut beaucoup plus agréable que celle que j'avais passée avec Joë, laquelle m'avait laissé le souvenir d'une interminable marche à pied et d'un excès de fraîcheur nocturne. Roger, lui, ne croyait pas aux vertus de la marche ; il aimait mieux tourner indéfiniment autour de son lieu de destination, cherchant une place où se garer, plutôt que de se garer à cinq minutes de là et de faire le reste du chemin à pied. Je n'approuvais pas cette manière de faire, parce que j'étais taillée dans une étoffe plus dure, mais elle m'amusait.

Le soir en question, nous étions allés à un cocktail offert par un collègue de Roger ; les mélanges étaient très forts et, après deux ou trois verres, je commençai à ne pas me sentir bien du tout. En vrai gentleman, Roger ne tarda pas à remarquer ma pâleur et le regard vitreux que je posais sur un jeune homme, lequel m'expliquait avec force détails les joies de la comptabilité. Se portant aussitôt à mon secours, Roger m'emmena dans sa voiture, garée juste devant la porte d'entrée de la maison. Après m'être reposée quelques minutes à l'intérieur, je me sentis mieux ; j'étais d'assez bonne humeur à cause de l'alcool, et dès que mes oreilles eurent cessé de bourdonner, je me sentis merveilleusement bien.

— Ça va ? demanda Roger en me voyant me redresser.

— Beaucoup mieux.

— Qu'est-ce qui t'arrive ?

— Rien, fis-je. J'avais probablement faim. J'ai à peine déjeuné.

— Allons dîner.

— Avec plaisir.

À vrai dire, cette perpective me donnait presque la nausée, car Roger aimait une cuisine très recherchée et hautement indigeste, qu'en temps ordinaire je supportais physiquement – ce qui risquait de n'être plus le cas ce soir – mais qui, en revanche, me donnait des nausées morales. Mes inquiétudes augmentèrent lorsqu'il annonça :

— Il y a un nouveau restaurant dans Frith Street, dont on m'a parlé l'autre jour. On pourrait l'essayer. Qu'en dis-tu ?

J'acquiesçai et m'efforçai de paraître contente. Comme nous passions devant les vitrines éclairées de Harrods, je rassemblai tout mon courage et demandai :

— Quelle nationalité ?

— Comment, quelle nationalité ? s'écria Roger, qui essayait d'arriver au feu rouge avant une voiture de même marque que la sienne, et qui y réussit, heureusement.

— Quelle nationalité, la *cuisine ?*

— Je n'en sais trop rien. On m'assure que c'est très propre. Pour des étrangers.

Il avait lancé la chose d'un air impassible. Je ne parvenais jamais très bien à démêler chez lui si ce genre de remarque devait être pris au pied de la lettre ou comme une simple plaisanterie – ou encore comme une attaque contre mes ridicules principes d'égalité. Roger affectionnait les déclarations ambiguës sur des sujets tels que les Noirs, l'argent, l'art moderne, etc. En y réfléchissant, je crois qu'il cherchait à me mettre en colère ; mais j'étais toujours trop surprise pour réagir. Aucune autre personne de ma connaissance ne se livrait à de telles provocations devant moi ; qu'il pût exprimer des idées pareilles, et en même temps m'aimer assez pour m'inviter à dîner, m'était un perpétuel sujet d'étonnement.

Le restaurant se trouva être français et plutôt clinquant, avec des tables trop rapprochées. Roger commanda des moules et un steak, barbouillé d'un tas de choses bizarres. Je pris un potage aux légumes, une sole grillée, de la purée de pommes de terre ; malgré cette prudence, je ne me sentais pas trop bien quand j'arrivai au bout. Roger songea alors à des crêpes Suzette, et voulut me persuader d'en prendre aussi, car on les faisait pour deux. Mais, vraiment, j'aurais été incapable d'en manger. Étrange nouveauté pour moi que cette impression de malaise ! Jusque-là, j'avais joui d'une santé à toute épreuve, et dans les rares occasions où j'avais souffert, j'avais souffert bravement. Roger ne voulait pas renoncer aux crêpes Suzette ; il continua, impitoyable, à chanter les louanges de ce plat. Tout à coup, j'eus une vision rétrospective de tous ceux et celles dont j'avais raillé dans le passé la santé délicate et l'appétit capricieux.

— Non, Roger, n'insiste pas. Je ne me sens pas bien.

Il commanda des crêpes pour une personne. Puis il se tourna vers moi :

— Qu'est-ce que tu as ?

— Je suis enceinte, dis-je, espérant que l'élégante Américaine assise à la table voisine ne nous écoutait plus, comme elle l'avait fait depuis le début du repas.

— Je m'en doutais.

Et il se versa un peu de rosé.

— Tu… quoi ? fis-je, décontenancée.

— Enfin, je veux dire… je ne voudrais pas être mal élevé, mais cela commence à se deviner… Ta robe, par exemple.

— J'y ai pensé quand je l'ai enfilée. C'était malheureusement la seule qui pût convenir à tes horribles amis.

— N'insulte pas mes amis, dit Roger sans se fâcher. Vois plutôt ce qu'ils ont fait, tes horribles amis ! Et à une fille aussi gentille que toi, en plus !… Voilà ce qui arrive quand on se mélange à tous ces vilains artistes.

— Ça ne se voit pas vraiment, n'est-ce pas ? demandai-je avec inquiétude.

— Oh non ! Je n'avais rien deviné avant ce soir. Et encore, c'est parce que tu es devenue toute pâle… Tiens, bois un peu, tu en as besoin.

— Non. J'en ai besoin, mais ça me chamboule toute.

— Ah, voilà les crêpes Suzette !… Regardons-les flamber.

Nous regardâmes. Puis, quand Roger eut savouré ses crêpes avec un plaisir évident, il reporta son attention sur moi :

— Qu'est-ce que tu vas faire à ce sujet, si ma question ne t'importune pas ?

— Rien.

— Rien du tout ?

— Rien du tout.

— Tu vas laisser la nature suivre son cours.

— Oui.

— Bien, bien. Tu es une fille courageuse.

— Avoir un bébé, ce n'est pas triste.

Si je répétais cela, leur parlant à tous, pendant les mois à venir, je réussirais peut-être à les convaincre et à me convaincre.

— Ma petite fille, dit Roger, ce n'est pas si facile que ça, tu sais ! C'est un véritable exploit, d'avoir un enfant. Et puis qu'en feras-tu ?

— Je le garderai.

— Comment ?… Est-ce lui qui te fera vivre ?… C'est hors de question ! Tu ne peux pas élever un enfant, avec ce que tu gagnes.

— Il y a des tas de gens qui élèvent leur famille avec quatre livres, dix livres au plus, par semaine.

— Absurdité !

Non ce n'était pas une absurdité. Notre discussion s'arrêta court, parce que le garçon apportait le café. Tout en y remuant la cuillère, Roger reprit :

— Tu n'as pas envie de te marier, n'est-ce pas ?

— Non, pas particulièrement. Et même pas du tout.

— Quel dommage ! dit-il. Parce que je me disais que tu consentirais peut-être à m'épouser.

— Seigneur Dieu, Roger ! fis-je, touchée et surprise. Comme c'est chevaleresque de ta part ! Et quelle chance pour toi, que j'aie décliné ton offre avant que tu ne la formules !

— Nous pourrions divorcer en un clin d'œil.

— Je ne crois pas que ce serait une bonne chose pour qui que ce soit. Songe à ta carrière.

— C'est vrai. Mais il y aurait des compensations.

— Je n'en vois aucune. Non, c'est une idée ridicule… Très gentille, cependant.

— Comme tu voudras. En tout cas, je suis content que ma proposition t'ait fait plaisir.

Notre entretien dut s'en tenir là, car je ne me rappelle pas la suite. L'idée d'épouser Roger était piquante, mais peu séduisante. Je regardais avec une sorte d'horreur ses mains lisses, sa joue aussi ferme que celle d'un enfant, ses dents blanches et régulières. Nous bûmes notre café en silence, tandis que j'observais les gens des autres tables. À cause d'une vague nausée qui me montait, ces gens me répugnaient, ainsi avachis sur leurs chaises, le buste penché sur des quantités de nourriture qui auraient suffi à faire vivre un enfant pendant toute une semaine. Comment s'étonner, me disais-je, que les garçons de restaurant exècrent généralement leurs clients ? Ils les voient toujours sous cet aspect déplaisant. J'avais pris moi-même en aversion le couple qui occupait la table voisine : deux gros Américains, qui éclataient dans leurs vêtements de mauvais goût. La bonne femme s'était rendue odieuse pendant tout le repas, renvoyant ce qu'on lui apportait, modifiant sans cesse sa commande, réclamant des plats qui n'étaient pas sur le menu. Elle avait commencé par un melon et s'était presque étouffée après l'avoir arrosé de gingembre. De leur conversation, très entrecoupée, j'avais déduit que ces gens passaient leur vie à manger, à travers l'Europe. Je pensais à la femme du cabinet de consultation, qui était du même calibre physique, mais pour d'autres raisons.

Ils se mirent à boire leur café comme nous finissions le nôtre. L'Américaine se versa une tasse. Je vis sa main grassouillette, surchargée de bagues, prendre le sucre – non, ce n'était pas le sucre, mais le gingembre qu'elle prisait, dans une petite coupe de verre restée sur la table pendant tout le repas ! Je savais que c'était le gingembre ; mon attention avait été attirée sur ce point par la crise d'étouffement. De toute façon, le produit était trop fin et trop pâle pour être du sucre brun. Il en tomba dans la tasse une pleine cuillerée que la grosse femme remua consciencieusement. Le gingembre ne se mélangea pas bien, mais elle ne s'en aperçut pas, à ma grande satisfaction. Enfin elle se décida à boire, vidant sa tasse d'un seul coup. Je surveillais son visage, dont l'expression changea, les yeux se révulsèrent. La tasse fut posée brutalement, mais la dame ne dit rien. Elle s'appliqua même à vider la dernière goutte de café. Était-elle trop ivre pour se rendre compte de ce qu'elle avait fait ? Avait-elle un palais qui ne réagissait plus ? Ou encore refusait-elle d'admettre son erreur, seuls les garçons de restaurant étant capables de se tromper ?

Roger me ramena chez moi, comme d'habitude. Nous nous séparâmes dans la voiture. Ni l'un ni l'autre ne fit allusion à la suite des événements ; je savais très bien que Roger ne me téléphonerait plus et qu'il n'essaierait pas de me revoir. Il me dit que si j'avais besoin de quoi que ce fût, il me fallait faire appel à lui. Mais je ne voudrais pas d'aide, n'est-ce pas ? Non, j'en convins. Annoncerais-je l'événement dans le *Times ?* demanda-t-il encore. Certainement, répondis-je. Pourquoi pas ?... Mais c'eût été, me disais-je en même temps, un fameux gaspillage.

Et voilà pour Joë et Roger ! La question était réglée. Je connaissais, bien entendu, quelques autres personnes ; la plupart ne comptaient pas pour moi. Les seuls dont je m'inquiétasse vraiment, c'étaient mes élèves. Je ne voyais jamais aucun de mes supérieurs dans le milieu universitaire, et à ma connaissance il n'y avait, dans mes contrats, ou au sujet de mes bourses, aucune clause concernant les enfants illégitimes. On trouvait bien dans l'un d'eux la mention « *célibataire* ». Mais, sur ce point, je n'avais rien à me reprocher. Je ne voyais aucune raison pour que la carrière en cours – thèse, assistante-lectrice, lectrice et la suite – fut interrompue. Je voyais bien quelques raisons qui n'en étaient pas, mais, en y réfléchissant calmement, je me persuadai que ces difficultés ne pèseraient pas lourd en regard de ma valeur professionnelle. C'était au sujet de mes élèves que je me tourmentais, de drôles de numéros que j'avais acceptés pour de drôles de motifs. La plupart de mes relations, parmi les étudiants qui se spécialisaient dans la recherche et qui n'enseignaient pas régulièrement, donnaient quelques leçons particulières, en grande partie pour gagner de l'argent, mais aussi pour s'exercer. Moi-même je donnais des leçons à quatre personnes différentes, une heure par semaine, soit quatre heures en tout, ce qui exigeait un gros travail supplémentaire, car j'avais commis l'erreur d'enseigner diverses branches difficiles, au lieu de m'en tenir à mon propre domaine. Ce n'était pas par souci lucratif, puisque je faisais payer mes élèves au-dessous du tarif, tant j'attachais peu de prix à mes connaissances. On m'avait d'ailleurs fait observer que c'était anormal, pour une socialiste, de gâcher ainsi le métier, dont le niveau était déjà suffisamment bas. Rien n'était plus juste, mais il était trop tard ; j'étais humainement incapable, la chose commencée, d'augmenter mes prix.

Tout en sous-estimant la valeur de mon enseignement, j'en tirais une certaine fierté, qui me donnait de l'assurance, parce j'avais conscience d'offrir à mes élèves un niveau d'information et de compréhension supérieur à ce qu'ils auraient pu trouver ailleurs par l'intermédiaire du bureau qui me les avait adressés. Cela dit, tandis que je leur exposais mes théories j'étais toujours accablée par un sentiment d'insuffisance qui me coûtait dix francs l'heure.

Je suppose que j'enseignais pour satisfaire ma conscience sociale. Je me sentais gênée d'avoir chez moi une vie beaucoup trop agréable, puisque je passais le plus clair de mon temps à satisfaire mes goûts et ma curiosité. Je n'ai rien à redire à l'étude d'écrivains mineurs, mais je suis la fille de mes parents, bien que je m'en défende, et je suis née avec l'idée que l'on doit faire quelque chose pour les autres, et de préférence quelque chose qui vous coûte. C'est pourquoi j'enseignais. Le genre d'élèves qui s'adressait à moi confirmait cette interprétation de ma conduite, car c'étaient de drôles de numéros ; et les plus sérieux de mes amis auraient rejeté au moins trois d'entre eux, qui, sans contredit, perdaient mon temps et le leur. Un seul appartenait à une catégorie courante : une fille de dix-sept ans qui avait quitté le collège pour d'obscures raisons et voulait préparer son entrée à l'Université. Elle était très brillante et lui enseigner était un jeu ; en fait, elle m'avait été envoyée par un professeur estimé et ne venait pas, comme les autres de sources douteuses.

Les trois autres me posaient plus d'un problème : un Indien, un Grec et un pasteur méthodiste. Les deux premiers espéraient entrer à l'Université, et le pasteur méthodiste voulait rafraîchir ses connaissances littéraires en suivant des cours de faculté. L'Indien, je regrette de le dire, était vraiment un cas désespéré, ce dont je m'étais rendu compte immédiatement. Plus de trente ans, des dents en or et un costume marron. La déplorable impression qu'il me fit, associée à son insistance, me força précisément à l'accepter, car je n'aurais pas supporté de me dire : « Et si je m'étais trompée sur son compte ? » Le jour où il se présenta, j'essayai de lui poser quelques questions raisonnables : quand espérait-il se présenter à l'examen d'entrée ? À quel collège poserait-il sa candidature ? Quelles étaient ses connaissances en littérature anglaise ?... À quoi il répondit par un compte rendu pathétiquement embrouillé de sa carrière, accompagné de nombreuses allusions à l'Université de Bombay, ce qui me disait moins que rien ; puis il déclara qu'il espérait entrer au Christ's College de Cambridge, parce que le célèbre poète Wordsworth y avait fait une partie de ses études – ce qui était faux : Wordsworth était allé au John's College. Je lui demandai ensuite quelle partie de la littérature anglaise il avait étudiée, et il me répondit : Harrison, le célèbre poète. C'est du moins ce que je compris, avant de m'apercevoir qu'il avait voulu dire Henryson. Je m'empressai de lui annoncer que je ne savais rien du tout sur Henryson, et qu'il ferait mieux de chercher un professeur plus compétent que moi sur cette période. Il répondit d'une voix plaintive qu'il s'était adressé partout sans succès. Et je me dis : « Voilà qui ne m'étonne pas. » Je réussis, malgré tout – presque pour la première fois de ma vie – à dire non, mais il revint si souvent à la charge que je finis par lui accorder le bénéfice du doute. Après tout, il avait entendu parler de Henryson, ce qui était déjà un exploit, et s'il connaissait un peu cet écrivain, il en saurait à ce sujet plus que moi. Réflexion faite, tout son baratin à propos de l'Université de Bombay était peut-être vrai. Et plus d'une dent en or brille au-dessus d'un cœur d'or, etc. Je le pris donc comme élève. Ce fut une erreur. Tâche sans espoir. Nous peinâmes sur le programme, et je réussis tant bien que mal à lui faire rédiger sa déclaration de candidature, mais il n'avait pas plus de chance d'être accepté qu'un enfant de dix ans. Je ne parvenais pas à déterminer s'il serait meilleur pour lui d'échouer à ses examens et de consentir à voir la réalité en face, ou de vivre à jamais convaincu qu'il aurait réussi s'il avait eu la chance de trouver un bon professeur. La décision, en tout cas, ne m'appartenait pas plus que le choix. Mais je faisais de mon mieux, et j'avais le sentiment d'être un peu responsable de ce qui lui arrivait.

Le Grec, c'était une autre histoire. Spiro, ainsi s'appelait-il, briguait, lui aussi, Oxford ou Cambridge. Il n'avait que dix-huit ans, ce qui en principe plaçait ses chances plus haut que celles de l'Indien. De toute évidence, il appartenait à une famille opulente, qu'il avait égarée quelque part sur le continent ; de ses parents, l'un vivait d'habitude à Rome, l'autre en Espagne ; il leur arrivait d'inverser de temps à autre ces lieux de résidence.

Je commençai à le faire travailler trois semaines après l'Indien, et je m'attendais au pire, mais il eut vite fait de me convaincre qu'il possédait à tout le moins une intelligence et un brillant superficiels. Son anglais était excellent, ce qui facilitait les choses. Je mis des mois à parvenir à une évaluation correcte de ses possibilités. C'est inquiétant de constater à quel point nos préjugés sont enracinés, et comme nous pouvons nous persuader (moi du moins) qu'aucun étranger ne peut arriver au même niveau que les produits du système d'éducation britannique. Or, il fallut me rendre à l'évidence : Spiro y parvenait. Il était très doué, si doué qu'il était capable d'affronter notre système d'examens, en dépit d'un passé de dix-huit années qui l'y avait bien mal préparé. Il ne cessait de me répéter qu'il était un prodige. Je me méfiais, mais il arriva très vite à me fournir chaque semaine des essais critiques excellents, qui auraient fait honneur à n'importe quel étudiant de première année. J'en étais ravie ; un peu vexée aussi de découvrir à quel point mon jugement pouvait être borné. Je m'efforçai de ne pas lui laisser voir combien mon opinion sur ses chances de réussite avait changé, mais il était visible qu'il l'avait deviné. C'était un garçon affreusement sûr de lui ; vaniteux, aussi, mais il n'avait que dix-huit ans, et après tout il avait le droit de l'être.

Le pasteur méthodiste, homme paisible, timide et charmant, évitait avec le plus grand soin de me placer dans l'embarras en m'imposant ses opinions religieuses. Il estimait de son devoir d'étudier des auteurs tels que Milton et T.S. Eliot, mais c'était Wordsworth qui lui inspirait une véritable passion, et il l'admirait pour de mauvaises raisons. Il réussirait sans difficulté l'examen qu'il préparait, sa culture dépassant celle de la plupart des étudiants, mais ses essais n'étaient pas bien construits et il connaissait mal le langage traditionnel de la critique. Comme il ne suivait mes leçons que par plaisir et devait de toute façon être reçu, je me demandais s'il fallait ou non lui faire prendre conscience de ses faiblesses. Mes corrections étaient aussi timides que ses allusions à Dieu, inévitables dans une étude sur Milton.

À la fin du troisième mois de ma grossesse, je commençai à me faire beaucoup de souci au sujet de mes quatre élèves. Mon instinct me poussait à leur dire que j'étais souffrante et incapable de continuer à donner des leçons, mais je m'en voulais de les abandonner à mi-chemin des examens, alors qu'ils rencontreraient les plus grandes difficultés à trouver un autre professeur. Si je me disais qu'après tout cela ne les regardait pas que j'eusse un bébé, l'instant d'après je versais des torrents de larmes, accablée par la honte pure et simple et par l'absurdité d'une situation que je ne me croyais pas la force de supporter. Je savais bien qu'il me faudrait prendre une décision, pressée par le temps et par l'ampleur grandissante de mon ventre. J'avais entendu dire que certaines femmes avaient dissimulé leur état pendant plus de six mois, mais je n'appréciais pas cette fuite devant une décision inéluctable. Et, d'un autre côté, comment formuler la chose ?

En fin de compte, le seul auquel j'annonçai la nouvelle fut Spiro. Aux autres, je laissai le soin de tirer leurs propres conclusions. Ma seule élève femme, Sally Hitchins, remarqua certainement mon état, mais elle n'osa pas poser de questions ; elle semblait plutôt admirative, et comment aurait-elle pu réagir autrement, étant donné ce qu'elle avait laissé échapper sur son passé orageux et sur les motifs pour lesquels on l'avait renvoyée du collège ? L'Indien ne s'aperçut de rien. Il ne remarqua pas la chose, ou n'y attacha pas d'importance. Mais, pour mon pasteur méthodiste, j'arborai une alliance ; pas une véritable alliance, inutile de le dire ; un anneau de rideau, identique à celui que j'avais utilisé bien des années plus tôt, aux côtés de Hamish, dans cet hôtel de mauvais aloi. Hamish avait été le seul pour qui je m'étais abaissée à de telles simagrées, et je me disais que ç'avait été par égard pour lui, et non pour moi. J'ignore ce que le pasteur en pensa ; sans doute en déduisit-il que j'avais conclu un mariage hâtif, puisque l'alliance apparut avec un certain retard sur les événements ; ou peut-être sa gentillesse naturelle, son esprit chrétien, l'empêchèrent-ils de se livrer à de telles conjectures. La situation où je me trouvais est de celles qui font toucher du doigt notre ignorance de la pensée et des réactions de ceux qui nous entourent.

À Spiro, je le dis, ou, plus exactement, Spiro me le dit. C'était une semaine environ après ma dernière soirée avec Roger. Je portais un chandail d'homme, très ample, vieux de plusieurs années, sur une jupe que j'avais attachée avec une ficelle ; cela pouvait aller, encore que ce fût visible pour un regard observateur, et Spiro était observateur. Il venait d'arriver, et j'étais allée préparer une tasse de café à la cuisine. Je revins avec le plateau, que je posai sur le dessus de la bibliothèque, pour aller chercher la petite table que je voulais placer entre nos deux sièges. Mais Spiro se précipita et m'arracha la table en disant :

— Non, non, dorénavant il ne faut plus que vous portiez des poids trop lourds. Je vous en prie, permettez-moi…

— Que voulez-vous dire ? fis-je en lui reprenant la table d'autorité.

D'ailleurs, elle ne pesait rien du tout, cette table étroite, basse et grossièrement cannée, comme les chaises de jardin. Je la posai là où il fallait, puis je regardai Spiro. Il riait. Je compris qu'il savait, et son ironie m'agaça.

— Il n'y a rien de drôle à cela, dis-je, mécontente.

Il prit un air faussement grave pour répondre :

— Non, j'en conviens.

— Asseyez-vous et lisez-moi votre essai sur Donne, si du moins vous l'avez rédigé.

— Mais oui, mais oui, fit-il avec un petit air de connivence, mêlé de contrition, des plus effrontés.

Il tira de son porte-documents son travail, qu'il se mit à lire et qui était excellent ; mais il le lisait avec une nuance de raillerie, qui impliquait qu'il aurait pu tout aussi bien écrire autre chose sur le même sujet. Il n'avait que dix-huit ans, et un esprit si aiguisé qu'un beau jour, comme on dit, il finirait par se couper lui-même. Ça ne me faisait ni chaud ni froid, qu'il sût que je savais qu'il savait. Il riait, il n'était pas attristé, et il offrait de soulever les tables à ma place, par jeu, pour m'agacer et non parce qu'il désirait me manifester sa sympathie. À lui aussi, ma misère devait avoir échappé.

Quand je retournai chez le docteur, il m'annonça qu'il avait réussi à retenir un lit à l'hôpital Saint Andrew, lequel, ainsi que je devais le savoir, se trouvait dans Marylebone Road. À son intonation, je devinai qu'il estimait avoir fait pour moi plus qu'il ne devait. J'éprouvais de la gratitude, c'est certain, sans toutefois analyser mon sentiment. Par la suite, je trouvai trois raisons plausibles à son air de triomphe : premièrement, il m'avait retenu un lit, ce qui était remarquable en soi, étant donné la pénurie de lits dans les services de maternité ; deuxièmement, il l'avait retenu tout près de chez moi ; et troisièmement dans un hôpital-école d'excellente réputation. Il avait donc de quoi être fier de lui. Après m'avoir annoncé la nouvelle, il se débarrassa de moi avec un soulagement non déguisé.

— Présentez-vous au dispensaire prénatal de Saint Andrew, dit-il. On s'occupera de vous.

— Oui, bien sûr, répondis-je comme si j'avais compris parfaitement le mécanisme.

J'aurais pourtant voulu lui poser une douzaine de questions : quand devais-je y aller, où était-ce, qui devais-je demander… Mais c'était un homme très occupé, et sa salle d'attente regorgeait de patients. Aussi me levai-je.

— Merci beaucoup, dis-je pour la dixième fois, et je me dirigeai vers la porte.

Il me rappela.

— Eh bien, eh bien !… Vous ne voulez pas votre lettre d'introduction ?

— Oh si ! fis-je, comme si ç'avait été un simple oubli de ma part.

Il me tendit une enveloppe, adressée au dispensaire prénatal de l'hôpital Saint Andrew. L'enveloppe était cachetée. Je me demandais ce qu'il avait écrit. En partant, je me sentais mieux, parce que j'avais cette lettre en poche et qu'au moins je connaissais le nom du dispensaire où j'irais le moment venu. En ce temps-là, ma candeur était telle que je ne savais même pas ce que c'était qu'un dispensaire prénatal.

Ma première visite à ce dispensaire m'a laissé un souvenir ineffaçable. Par téléphone je m'étais informée du jour et de l'heure des consultations, exemple de prévoyance dont je n'étais pas peu fière, et je me présentai sagement un mercredi après-midi. Je n'eus pas de peine à trouver l'hôpital ; large et trapu, il occupe un vaste terrain sur le côté nord de Marylebone Road, non loin de Castrol House, dont j'aime l'élégance. Saint Andrew ne peut rivaliser avec cet édifice pour la distinction architecturale ; le bâtiment principal, qui semble remonter au début du XVIIIe siècle, possède, à défaut d'autre qualité, l'avantage d'être régulier, mais il est entouré et partiellement recouvert par une hideuse macédoine d'excroissances néo-gothiques des années 1930-1936, ajoutées au petit bonheur. Une vive inquiétude s'empara de moi, non pas à cause de la laideur de l'ensemble, mais parce que je ne savais pas du tout par où entrer, ni à quel bâtiment m'attaquer. Portes et grilles foisonnaient et j'avais l'intuition que l'entrée principale n'était pas la bonne. Cependant je finis par la choisir, pensant qu'il y aurait au moins un bureau de renseignements. Par chance, il y en avait un. Je présentai ma propre personne et l'enveloppe de recommandation. On m'enjoignit de sortir et de chercher l'entrée des « consultations », qui, me dit la jeune employée, se trouvait dans une rue latérale. Je sortis donc, parvins à l'entrée réservée aux malades de l'extérieur et pénétrai de nouveau dans l'enceinte de l'hôpital. Là, comme je l'avais craint, il n'y avait ni bureau de renseignements, ni panneau indicateur ; je ne vis qu'une porte sur laquelle était écrit : Hématologie, ainsi qu'une multitude de couloirs sombres, laqués crème. Je restai debout, irrésolue, honteuse de mon ignorance. Cette émotion je l'avais ressentie plus d'une fois dans ma vie, le jour de mon entrée à l'école, par exemple, ou à Cambridge ; mais alors je me réjouissais de ce qui m'attendait. Tandis que, à présent, je n'attendais que le désastre.

Je fus sauvée de l'immobilité par l'arrivée d'une femme dont la grossesse était très visible ; elle franchit lestement les portes de la rue et s'engagea d'un pas vif et décidé dans l'un des couloirs crème. Additionnant deux et deux, je la suivis. Et je parvins ainsi, bel et bien, au dispensaire prénatal, sorte de grand vestibule, garni de portes ouvrant sur de petites pièces et meublé de rangées de chaises et de femmes enceintes. La consultation ne commençait officiellement que dans cinq minutes – l'expérience m'avait déjà appris à compter sur les inévitables files d'attente – mais la salle était déjà pleine et il ne restait plus que trois ou quatre chaises. J'en occupai une, me préparai à attendre et, tout en attendant, j'examinai à loisir celles qui attendaient avec moi.

Elles avaient un point commun : l'ampleur, modérée ou considérable, de leur ventre. Comme chez le médecin de quartier, je me sentis au bord des larmes devant l'échantillonnage de misère humaine qui s'offrait à ma vue. Peut-être n'étais-je pas d'humeur à trouver les gens gais, attrayants, réconfortants, mais la vérité est que ces femmes me firent l'effet déprimant d'un pitoyable troupeau. On entend beaucoup vanter – surtout par les mâles intéressés – la beauté des femmes enceintes ; les métaphores emphatiques abondent à ce sujet ; et, de temps à autre, il m'est sans doute arrivé de surprendre sur le visage des jeunes femmes bien nourries et de bonne famille un éclat paisible ; mais le poids des observations que je pouvais faire ici penchait du côté opposé et il était accablant. Anémie, épuisement, marquaient presque toutes les attitudes, auxquelles s'ajoutaient des vêtements affreux, des jambes gonflées, des corps lourds et déséquilibrés. Quelques-unes de ces malheureuses semblaient déjà terriblement usées. Une énorme femme dans la quarantaine marchait à l'aide d'une canne ; une pâle créature aux jambes sillonnées de varices traînait un enfant de deux ans ; une femme en noir ne montrait nullement le visage « empreint d'une résignation paysanne devant les rigueurs de la vie physique » dont on parle dans les livres ; on ne voyait que deux yeux dilatés par l'effroi. L'infortunée gémissait doucement, comme si déjà elle eût été en travail. Peut-être, comme moi, avait-elle plus peur de l'hôpital que de tout le reste. Même celles qui n'avaient, semble-t-il, aucun sujet de plainte, et que l'on aurait pu s'attendre à voir manifester une joie conventionnelle, paraissaient irritées, fatiguées, sans doute à la perspective d'un après-midi aussi fastidieux. Dans la rangée devant moi, il y avait deux jeunes filles, du genre de celles qui bavardent et gloussent de rire dans les autobus ou dans les cafés ; elles ne riaient pas, elles se répandaient en lamentations : elles avaient mal au dos, des nausées, jamais elles ne retrouveraient leur silhouette… Je ne me sentais rien de commun avec ces femmes dont je pouvais à peine supporter la vue, et parmi lesquelles j'étais comme une étrangère ; et pourtant j'étais l'une d'elles, prise au piège, enfermée dans leurs limites pour la première fois de ma vie. Et il me faudrait apprendre à vivre à l'intérieur de ces limites.

Au bout de quelque temps, plusieurs infirmières firent leur entrée ; les choses se mirent en mouvement ; la queue commença d'avancer. Des femmes disparaissaient, suivant un ordre des plus déconcertants, pour se faire prendre la tension artérielle, être pesées, voir le Dr X., le Dr Z., la sage-femme. Un moment je me demandai si quelqu'un viendrait chercher ma carte ; quand je compris que nul ne viendrait, je cherchai quelqu'un à qui la remettre. Au risque d'être accusée de vouloir passer avant mon tour, je me levai et me lançai à la découverte d'une quelconque autorité. Une infirmière me prit des mains l'enveloppe et m'enjoignit d'aller me rasseoir, ce que je fis. Je me préparais à une attente interminable, mais, au bout de quelques minutes, mon nom, tout aussi mystérieusement, fut appelé.

— Mrs Stacey, prononça une voix mécanique. Mrs Rosamond Stacey.

Je me levai une fois de plus et allai vers l'infirmière qui avait pris mon enveloppe. Elle me regarda : « Que voulez-vous ? » Je dis qu'on venait d'appeler mon nom, que devais-je faire ? « Allez voir la sage-femme », répondit l'infirmière. « Où ? » demandai-je, presque sèchement, car je ne voyais pas pour quelle raison moi, ou n'importe qui d'autre, devions deviner où se trouvaient les sages-femmes.

— Vous ne savez pas ?

Elle m'indiqua une porte au fond de la salle à droite. Je suivis la direction, frappai et entrai.

La sage-femme était une jolie rousse aux traits menus, aux yeux bleus.

— Bonjour, Mrs Stacey, dit-elle d'un ton chaleureux en me tendant la main par-dessus son bureau. Je suis Mrs Hammond.

— Bonjour, Madame.

J'avais l'impression de me retrouver enfin dans un monde civilisé ; je me crus néanmoins obligée de préciser :

— Je ne suis pas *madame*, mais *mademoiselle*.

— Oui, oui, fit-elle avec un sourire doux et froid. Ici nous appelons toutes les femmes *madame*. Ne pensez-vous pas que c'est mieux ainsi ?

C'était une femme bien élevée et elle voyait que je l'étais aussi. Je souris du bout des lèvres. Nous bavardâmes un peu ; elle me confia qu'elle ne croyait pas à l'accouchement naturel, que les services de maternité étaient encombrés et elle me fit remplir d'interminables formulaires, me demandant maints détails sur mes maladies antérieures et sur mes conditions de logement. Lorsqu'elle apprit que j'avais pour moi toute seule cinq pièces, cuisine, salle de bains, son sourire devint encore plus aimable et plus froid, et je compris qu'elle me classait, non sans quelque raison, dans la catégorie des jeunes filles dissolues qui traînent dans la capitale. Fort heureusement, sa profession lui interdisait de me demander ce qui m'avait empêchée de faire la seule chose sensée qu'on pouvait attendre d'une fille comme moi – c'est-à-dire aller avorter dans une coûteuse clinique. Elle me déplaisait, mais je me sentais avec elle en terrain sûr, sentiment que je n'éprouvais pas au milieu de toutes ces femmes bouffies, gonflées, qui attendaient de l'autre côté de la porte. Un terrain sûr, compétent, professionnel, organisé.

Quand elle eut terminé son interrogatoire, elle conclut :

— Parfait, Mrs Stacey. Ce sera tout pour aujourd'hui. Je vous reverrai dans un mois.

— Vous voulez dire que c'est fini, que je peux m'en aller ? demandai-je en me levant avec soulagement.

— Oh non, vous n'en avez pas tout à fait terminé. Vous devrez attendre un peu avant de voir le Dr Esmond…

— Ah, je ne savais pas ! Voyez-vous, je ne saisis pas encore très bien le mécanisme de la maison.

— Bah ! fit-elle en se levant pour me signifier mon congé, toute blancheur amidonnée et toute fraîcheur, vous ne tarderez pas à vous débrouiller ! On est vite au courant des diverses formalités.

Je sortis donc et attendis d'être appelée chez le Dr Esmond ; j'attendis jusqu'à ce qu'il n'y eût plus que moi dans la salle d'attente. C'était la première fois de ma vie que l'on m'examinait. J'aurais pu supporter le Dr Esmond, un vieil homme à cheveux gris, à pince-nez, mais je ne m'étais pas préparée à être examinée par cinq étudiants en médecine, l'un après l'autre. Je restai étendue, les yeux fermés, souriant doucement pour dissimuler ma honte. Je savais que ces choses sont inéluctables, que les médecins doivent d'abord apprendre, que les étudiants doivent passer des examens ; il leur posa des questions sur la longueur de l'utérus, sur la date approximative de l'accouchement, sur ce qu'ils pensaient du bassin. Ils dirent tous que j'avais un bassin étroit. Et je les écoutais, je sentais leurs mains, sans plus protester que si j'eusse été un cadavre autopsié par des carabins recherchant la cause du décès. Mais je n'étais pas morte, j'étais deux fois plus vivante.

Comme l'avait prédit Mrs Hammond, je m'y fis. J'appris à quelle heure arriver, où glisser ma carte dans la pile, de manière à resquiller des tours. Le personnel était si peu méthodique qu'on ne pouvait pas, à proprement parler, avoir recours à un système D quelconque ; mais, à l'occasion, il était possible de marquer des points. Ainsi j'appris à lire à l'envers le document portant ces mots : « *À ne pas montrer au patient* » ; j'appris à me présenter à l'examen en retirant le minimum de vêtements, j'appris à les importuner pour obtenir des médicaments à base de fer et des médicaments à base de vitamines, qu'ils oubliaient toujours de nous remettre. Mais cela restait une corvée que n'illuminait même pas la plus petite lueur de réconfort. Mon seul espoir était d'en avoir terminé au plus vite. J'exécrais par-dessus tout, bourdonnant autour de moi dans la salle d'attente, les sempiternels bavardages sur les péripéties de l'accouchement : chacune racontait ses épreuves passées, celles de ses sœurs, de sa mère, de ses tantes, de ses amies et grand-mères, et les autres écoutaient, fascinées, moi comprise. La vérité dégradante est qu'aucun sujet ne nous passionnait davantage dans notre état, et que même presque aucun autre sujet ne nous intéressait plus. Enfantement, souffrance, peur, espoir, voilà ce qui nous rapprochaient dans une commune angoisse ; et si fort était ce lien que même moi, doublement, triplement paria, en ma qualité de célibataire, et à cause de mon éducation, de mon milieu, oui, même moi, j'étais attirée dans le cercle et poussée à raconter quelque anecdote personnelle, telle que l'histoire excellente de ma sœur qui avait accouché de son second dans une ambulance, en pleine tourmente de neige. Et l'appel de la nature devint si fort qu'à la fin du sixième mois je me sentais plus proche des femmes du dispensaire que de mes propres relations.

Ma grossesse me révéla plusieurs choses dont je n'avais jamais pris conscience auparavant. Ainsi, le nombre de femmes enceintes, de par le monde, m'apparut incroyable. Les rues en regorgaient, et pourtant je ne les avais jamais remarquées auparavant. Le British Museum, lui-même, le British Museum tout particulièrement, était rempli d'avides intellectuelles telles que moi, qui appuyaient leur enfant pas encore né contre les tables où elles travaillaient. Je devais faire plus tard la même découverte avec les bébés. Il m'avait fallu apprendre que mes seules satisfactions sexuelles consistaient en un geste ou un mot désinvolte d'un inconnu ; et maintenant je devais apprendre à m'en passer. Les hommes ne se penchent pas hors de la portière pour héler ou siffler les femmes enceintes, ils ne les regardent pas fixement dans le métro, ne leur lancent pas des remarques impertinentes au passage, dans les cafés ou les boutiques. Avant, je recevais beaucoup de compliments de ce genre parce que j'étais grande, bien bâtie et de celles qui ne passent pas inaperçues ; ces hommages me causaient une satisfaction très vive. Plus ténu était le lien, plus grand était mon plaisir : je ne pouvais me le dissimuler. Après tout, mon aventure avec George avait été bien fugace, si l'on considérait le résultat qu'elle avait produit. George, George, je pensais à George, et parfois je mettais la radio pour écouter sa voix qui annonçait ceci ou cela ; je ne réussissais pas à croire que j'irais jusqu'au bout sans tout lui dire, mais je ne m'imaginais pas non plus le lui disant. Un bref instant je perdais conscience de la réalité ; puis le chagrin, le regret, l'amour se glissaient en moi, si douloureux que j'essayais de ne plus penser.

Mes amis et connaissances prirent la chose comme on pouvait s'y attendre, avec un mélange de curiosité, d'admiration, de pitié et d'indifférence. Ils devaient tous se demander de qui était l'enfant, mais aucun n'osait me poser la question – si ce n'est de façon frivole et facile à esquiver. Je m'efforçais de laisser entendre, sans le dire, qu'il y avait quelque part un homme qu'aucun d'eux ne connaissait, et qu'en vérité tout était pour le mieux. La seule personne que cet événement fascina littéralement fut Lydia Reynolds, mon amie romancière. Je la retrouvais de temps à autre dans un petit restaurant où nous déjeunions ensemble, parce qu'elle travaillait près du British Museum, dans une galerie d'art spécialisée dans les aquarelles. Elle venait parfois aussi au British Museum taper à la machine dans la salle de dactylographie, mais je ne l'y avais pas vue depuis un certain temps ; j'en avais conclu que son travail ne marchait pas. Quand elle apprit mon état, vers la fin du quatrième mois, elle se borna à dire :

— Il n'est pas de Joë, n'est-ce pas ? Pour l'amour de Dieu, j'espère qu'il n'est pas de lui. Je ne peux pas imaginer à quoi ressemblerait un enfant de Joë. Et en tout cas il fait assez pour la propagation de son espèce, tu ne crois pas ?

Je l'assurai que ce n'était pas Joë, et elle en parut soulagée. Puis je demandai comment allait sa propre production créatrice ; elle grommela, baissa la tête ; son œil gauche eut l'habituel tic nerveux ; et elle répondit avec amertume :

— Oh, ça va mal ! Ça va très mal. Je n'arrive pas à travailler. Ça va de mal en pis. Je n'ai rien à dire, rien du tout.

— Si tu n'as rien à dire, pourquoi essaies-tu de le dire ? Pourquoi ne te reposes-tu pas quelque temps ?

— Je ne peux pas me reposer, s'écria-t-elle avec véhémence. Je ne le peux pas. Quand je n'ai pas quelque chose en chantier, je suis affreusement malheureuse. Je n'existe plus, je ne peux plus rien faire, je n'ai plus de goût à rien.

— Ça passera, dis-je, apaisante.

— Je ne vois pas pourquoi. Je dois être finie.

— Si tu le croyais vraiment, tu ne le dirais pas.

— Je ne le dirais pas ? C'est possible, après tout. Pourtant, comment font les gens comme Joë ?

Comment arrivent-ils à pondre un livre chaque année ? Chaque année !… D'où les tirent-ils ?

— Je croyais que tu n'aimais pas ce que Joë écrivait ?

— Non. Je n'aime pas ce qu'il fait.

— Alors, pourquoi t'en soucies-tu ?

— Je ne peux pas m'en empêcher. Je préférerais écrire un mauvais livre que pas de livre du tout, mais je ne peux pas, je ne peux pas. Je les commence, mais je ne peux pas les terminer. Comme je t'envie, Rosamond ! Toi, tu as toujours ton travail devant toi, tu sais ce que tu as à faire. C'est là, en dehors de toi, attendant que tu viennes, que tu choisisses, corriges, assembles. Presque comme une besogne d'employé, une besogne à laquelle on est attelé. J'aimerais ne plus avoir à le tirer de moi-même, telle une horrible et grosse araignée noire. J'aimerais pouvoir écrire un ouvrage sur les poètes élisabéthains.

— Rien ne t'en empêche.

Elle poussa un profond soupir et, mordillant avec rage le bout de ses ongles :

— Tu sais bien que je n'ai pas ta culture.

À notre rencontre suivante, elle me parla de sa fausse couche. Elle commença par me dire que j'étais folle d'avoir gardé cet enfant, que je gâchais ma vie, et elle débita les habituels développements sur ce sujet. Mais la conviction n'y était pas. Elle voulait en venir à tout autre chose.

— La vérité, c'est que tu le veux vraiment, conclut-elle. Dans un certain sens, du moins. Tu ne crois pas ?

Je haussai les épaules, car je ne savais que répondre. Alors elle poursuivit :

— J'ai été enceinte, moi aussi. Ç'a été horrible. Après la publication de mon premier roman, je suis venue à Londres pour la première fois, je me suis mélangée à un tas d'imbéciles et j'ai couché un peu partout. Je me suis follement amusée, surtout venant de Doncaster. Mais j'étais tout à fait niaise, à cette époque-là ; très ferrée sur la théorie, j'ignorais tout de la pratique. Et c'est arrivé avant même que je ne m'en rende compte. J'étais bien décidée à ne pas l'avoir, et d'un autre côté je ne pouvais pas supporter l'idée de me faire charcuter. Étant névrosée et tout le reste, je craignais que cela ne me chamboulât complètement. Alors le type m'a recommandée à un autre type très, très cher, qui a suivi la filière légale, en se plaçant sur le terrain psychologique. Tu vois ce que je veux dire : clinique privée et le reste. J'ai donc pris un rendez-vous et hop ! me voilà partie pour convaincre cet homme que si j'avais le bébé je ne serais plus qu'une épave physique et mentale. C'est ce qu'on dit dans ce cas-là, tu ne l'ignores pas. J'ai eu à faire à un petit vieux grassouillet, très gentil, qui habitait Bayswater Road. Il m'a fait raconter ma vie, et je lui ai tout débité – ce qui était très drôle : une mère féroce, un père qui s'était fait sauter la cervelle parce qu'elle le harcelait du matin au soir, appartement de quatre pièces, crasse, désordre, pauvreté ; placée à seize ans ; toute la chanson. Je m'arrangeais pour que le tableau fût le plus noir possible, ce qui n'était pas difficile, avec les éléments dont je disposais. À la fin de mon récit, je me sentis prise d'une telle pitié pour moi-même que j'ai failli éclater en sanglots. Lui aussi paraissait ému, et je croyais avoir gagné la partie. Mais quand je me suis tue, il m'a déclaré qu'il était navré, d'autant plus navré que, dans mon cas, il ne pouvait vraiment pas conseiller un avortement médical. J'étais trop sensible, trop impressionnable, trop scrupuleuse. Dans des cas comme le mien, mettre un terme à une grossesse, cela risquait, plus qu'un accouchement naturel, de conduire à une dépression nerveuse. J'ai essayé de lui expliquer que, de toutes façons, je n'aurais pas de dépression nerveuse. À quoi il a répondu : « Si vous ne devez pas avoir de dépression nerveuse, pourquoi êtes-vous venue me trouver ? » Il n'y avait pas moyen d'en sortir. Il m'a expliqué qu'il ne conseillait l'avortement qu'aux femmes si dépourvues de sensibilité qu'elles ne couraient aucun risque d'avoir une dépression nerveuse. Mais alors, si elles manquaient à ce point de sensibilité, je ne voyais pas pourquoi elles s'adressaient à lui ! Toute l'histoire était une perte de temps, pure et simple ; ce bonhomme n'était pas du tout le type voulu ; je ne sais vraiment pas où l'autre l'avait déniché. À la fin, je ne savais plus si je devais le convaincre que j'étais parfaitement équilibrée et totalement indifférente aux problèmes d'ordre moral, ou que je sombrais dans le désespoir : s'il ne me portait pas secours avant qu'il ne fût trop tard, il fallait s'attendre au pire.

— Que diable as-tu fait alors ? demandai-je, quelque peu soulagée de ne pas avoir suivi ce chemin tortueux.

— Je suis partie. Nous ne pouvions aboutir à rien. Ce n'était pas le type voulu, mais un psychiatre tout ce qu'il y a de plus sérieux, qui avait écrit des articles sur la Réforme de la législation concernant l'avortement. Le type qui me l'avait recommandé s'était trompé de porte.

— Et qu'as-tu fait ?

— C'est là que ça devient drôle. En sortant, indignée, enveloppée dans mes pensées, je me demandais si je serais obligée de me laisser charcuter par quelque horrible commis boucher. Lawrence allait se faire sonner les cloches quand je remettrais la main sur lui. Enfin, pour abréger, j'étais si désorientée que j'ai traversé Bayswater

Road sans regarder et que j'ai été renversée par un autobus. Je n'étais pas vraiment blessée, mais la peur m'a joué un bon tour, sans le moindre effort de ma part. Ça s'est passé juste devant la porte du vieux bonhomme. Je jurerais qu'il regardait par la fenêtre quand l'ambulance est venue me ramasser.

— Quel coup de veine ! fis-je.

— Tu peux le dire ! Et personne n'a jamais pu dire que je l'avais fait exprès. Car ce n'est pas le genre d'accident que l'on prépare. Je veux dire qu'on a plus de chance d'y laisser sa peau que de faire une fausse couche. J'ai pensé que la Providence était de mon côté. C'est bien la chose la plus extraordinaire qui me soit jamais arrivée.

— Pourquoi n'en fais-tu pas un livre ? demandai-je. Tu as là un sujet tout trouvé.

— Oh, impossible, s'écria Lydia. C'est si peu convaincant ! Si peu réaliste pour mon genre de roman !... Ça rappelle un peu *Life's Little Ironies* de Thomas Hardy.

— J'ai toujours pensé que *Life's Little Ironies* est un ouvrage profond, très proche de la vie.

— Tu trouves ?... Moi, je ne le trouve pas profond du tout. C'est tout à fait mécanique. Pas le moins du monde réel.

— Mais si, c'est réel, puisque ça t'est arrivé !

— Ah oui ! fit Lydia. Mais il y a une différence entre ce qui vous arrive dans la vie réelle et ce que l'on peut rendre réel dans l'art. Ça m'est arrivé, j'en conviens, mais ça ne m'a pas convaincue. À mes yeux, ça ne porte pas le sceau de la réalité. Je n'écris pas sur cette sorte de choses, je ne le pourrais pas. D'ailleurs, en littérature, je n'aime pas les accidents. Qui donc a dit : « L'accident qui émeut, ce n'est pas pour moi » ? Eh bien, ce n'est pas pour moi non plus !

— Wordsworth.

— Tiens ! Je ne me croyais pas capable de citer du Wordsworth !

— Ainsi, selon toi, le fait qu'une chose arrive ne la rend pas vraie pour autant ? dis-je.

— Non, non, pas du tout. Et toi ?

— Pour moi, oui. Il faut bien que j'y croie.

Cette nuit-là, dans mon lit, je réfléchis aux « petites ironies de la vie ». En vérité, comme je l'avais dit à Lydia, elles me troublaient plus qu'on ne peut l'exprimer dans une étude philosophique qui se respecte. J'avais toujours été troublée, parfois profondément, par des sous-titres de journaux tels que « *Tué alors qu'il ajustait sa ceinture de sécurité* », ou « *Mort la veille de son mariage* ». L'intérêt que j'accordais à ces faits divers prenait sans doute sa source dans quelque absurde croyance en une divinité malfaisante. Mais, cette nuit-là, étendue dans mon lit, les mains croisées sur mon enfant inconnu qui remuait doucement, je me dis tout à coup que mon émotion n'avait été que la prémonition d'un ordre de choses différent, non rationnel. Ma situation présente était une de ces petites ironies de la vie, et pourtant elle ne semblait pas être l'effet d'un simple accident, ni de la malveillance divine. Eût-elle procédé du pur hasard, je m'en serais sûrement libérée, car bien que j'aie incroyablement peur des opérations et des hôpitaux, je me rendais compte que je m'exposais à beaucoup plus d'hôpitaux, à beaucoup plus de désagréments, en laissant faire la nature, plutôt qu'en la contrariant. Mais il ne me semblait pas que ce fût le genre de choses qu'on peut extirper de soi, comme on le ferait d'une verrue ou d'un cor aux pieds. C'était une chose qui avait un sens. C'était un événement auquel, si fortuit fut-il, on ne pouvait dire non.

En même temps, mon état ne pouvait être totalement le produit de la malveillance du destin. Je ne sentais pas, comme Hardy le sentait pour Tess, que les événements avaient malicieusement conspiré contre mon innocence. Peut-être ne souhaitais-je pas éprouver ce sentiment, contraire à ma dignité et en compagnie duquel il aurait été difficile de vivre pendant les années à venir. Plus j'y pensais, plus j'étais convaincue que mon état avait un sens ; si imprévu, si peu souhaité qu'il eût été, il devait être lié à une suite de faits, à une évolution significative de ma vie. Voilà ce que je pensais, avant que l'enfant ne fût né, bien entendu ; car, une fois né, un enfant prend un sens, une valeur en lui-même ; mais il n'en reste pas moins qu'avant la naissance, j'ignorais cela, et que les allusions, les avertissements relatifs à ce qui allait être me déconcertaient profondément. Mon état était singulier. C'était comme si j'avais attendu que quelque maillon me fût présenté qui relierait toutes ces pièces éparses. Ce maillon existait-il ? Je n'en possédais pas la moindre preuve. Parfois j'avais vaguement le sentiment que cette grossesse m'avait été envoyée afin que me fût révélé un ordre complètement différent de celui que je connaissais, tout à fait étranger à mes enthousiasmes intellectuels, à ma conscience sociale, à toutes mes relations émotionnelles et à l'exercice de mon libre arbitre. C'était comme si j'avais trop longtemps vécu d'une certaine manière, sur un certain plan, et qu'un mode de vie que j'ignorais se fût brutalement imposé à moi. À vrai dire, c'était une question de libre arbitre : jusqu'à cette époque de ma vie, j'avais eu l'illusion du choix, et voilà que soudain je prenais conscience de forces dont je ne saisissais pas tout à fait le jeu et qui n'étaient pas nécessairement plus aveugles ou moins généreuses que moi-même.

C'étaient de ces forces-là que je m'étais toujours moquée, lorsqu'on en parlait devant moi. « Autojustifications irrationnelles », disais-je avec mépris. Les forces irrationnelles, on les lançait dans la conversation à propos de sujets où la part du hasard est grande, et donc celle de la chance ou de la malchance, comme le mariage et la maternité. Ma sœur, en particulier, adorait ce genre de commentaires. Ses trois grossesses ayant été accidentelles, comme on dit, elle se plaisait à répéter cet aphorisme : « On ne décide pas d'avoir des enfants : ils décident de naître. »

D'autres remarques, d'un genre moins pénible, lui avaient échappé quand elle avait attendu son troisième enfant. Tout cela semblait jaillir d'un arrière-fond de conséquences non voulues et de valeurs confuses.

— Très franchement, m'avait-elle confié un jour, je suis enchantée d'être enceinte, car je vais enfin pouvoir user jusqu'au bout la layette des aînés. J'en ai tellement que j'allais être obligée de l'envoyer à Oxfam ; or il n'y a rien que je déteste plus que de faire des paquets.

À un autre moment, elle m'avait dit :

— Figure-toi qu'une semaine à peine avant de *savoir* que j'attendais cet enfant, je suis allée acheter des sous-vêtements. Et, tout à fait par hasard, je me suis acheté des culottes de grossesse, qui avaient été mélangées avec les autres. Quand je m'en suis aperçue, à la maison, je me suis dit que j'aurais ces culottes à portée de main si j'étais de nouveau enceinte. Note que je n'avais pas la moindre intention de l'être. Et, le plus drôle, c'est que je l'étais.

Ces choses ne semblent pas peser lourd dans la balance, par rapport à l'enfant lui-même ; et je ne pouvais imaginer de sang-froid une divinité, si obscure fût-elle, qui déplacerait des culottes dans un rayon de lingeries. Pourtant je commençais à comprendre un peu ce que ma sœur avait voulu dire.

Je n'irai pas jusqu'à dire que l'irrationnel féminin mettait sur moi sa fameuse emprise. Mes poètes élisabéthains ne pâlissaient pas devant la nécessité d'acheter des couches. Au contraire, je travaillais avec facilité, concentration et clarté d'esprit. Je constatais, à mon grand soulagement, que j'étais aussi sûre d'apprécier mes poètes que j'étais sûre d'aimer les pommes au four. Je ne passais pas du camp de la logique au camp de l'intuition ; simplement je prenais conscience de faits que je n'avais pas su discerner jusqu'alors. Il n'y a rien de logique dans l'ignorance. Je suis persuadée que mes découvertes étaient celles de tout le monde ; si elles avaient eu quelque chose d'extravagant, ce ne serait pas la peine d'en parler. Dans mon cas, il n'y avait qu'un élément singulier : les faits que je découvrais enfin étaient ceux-là même que mes admirables parents avaient toujours signalé avec force à nos yeux d'enfants, inégalité des hommes, servitudes, entraves, séparation, impitoyable dureté et cruelle injustice du sort. J'avais toujours, en théorie, partagé les épreuves des autres et compati à leur souffrance lorsque le destin les frappait ; mais, à présent que je n'étais plus libre, à présent que je souffrais, je ressentais dans mon cœur leur souffrance.

Jusqu'alors, j'avais réussi à éviter tous les liens qui peuvent attacher un être humain à un autre, bien que j'eusse accordé à de tels liens un commencement d'hommage tout théorique. Les relations les plus étroites que j'avais eues, c'était avec des gens tels que Joë, Roger et même George – relations assez insignifiantes, mais auxquelles j'avais accordé tous mes soins de jeune fille oisive, raffinée, cultivée. Et, folle que j'étais, je m'imaginais que c'était cela la vie. Je n'étais pas assez folle cependant pour penser que l'on peut obtenir quelque chose pour rien. Je savais qu'il faut en payer le prix et je m'imaginais avoir payé mon écot avec de l'esprit, avec un certain prestige hérité de mes parents, avec un agréable appartement, et même, tout bonnement, avec l'agrément d'avoir de jolies jambes. Ces choses n'étaient pour ainsi dire rien, comparées aux attaches qui existent entre parents et enfant, entre mari et femme, entre un enfant et ses vieux parents, liens fondés sur des réalités positives, telles que l'argent et le sentiment du devoir ; mais, cela, je n'allais le découvrir que beaucoup plus tard. Toutefois, un jour, très tôt, je m'aperçus que si, en principe, j'acceptais de payer, je regimbais malgré moi dès qu'il s'agissait de recevoir quelque chose en échange.

Je m'en avisai un jour au dispensaire. J'en étais au cinquième mois de ma grossesse et me sentais plutôt bien, comme c'est presque toujours le cas à cette phase. Arrivée en retard, pour des raisons de force majeure, j'attendais patiemment, tout en parcourant une thèse, lorsqu'une femme entra et s'assit à côté de moi. La chaise gémit sous son poids, je ne levai pas les yeux tout de suite, parce que j'étais plongée dans un passage intéressant sur George Herbert ; au bout d'une minute environ je sentis qu'un petit enfant me marchait sur le pied ; je le regardai, prête à m'en débarrasser avec des gestes de réprobation. C'était un petit garçon de deux ans, avec un pantalon de velours côtelé d'une saleté incroyable, une veste brune et un passe-montagne de tricot gris. Il paraissait las, pathétique. Je regardai la mère avec curiosité. Une brune, petite et grosse, au manteau vert délavé. Les traits avaient quelque chose d'étranger, ç'aurait pu être une Italienne ; le visage gardait une immobilité inexpressive, obstinée. Sur les genoux de la femme un bébé dormait, grand et gros ; à mes yeux inexpérimentés, il semblait avoir neuf mois. La mère ne regardait jamais le petit garçon. Quand je l'eus délogé de mon pied, il s'en alla à l'autre extrémité de la salle, entreprit d'escalader les chaises vides, d'ouvrir les portes des cabines de déshabillage, de donner des coups de pied aux radiateurs, avec un visage aussi inexpressif que celui de sa mère. Elle regardait droit devant elle et portait gravé sur elle le mot endurance.

Au bout d'un moment, l'infirmière appela : « Mrs Sullivan ». La femme remua et répondit, mais elle ne se leva pas. Elle chercha du regard le petit garçon, puis se tourna vers moi et, d'une voix sans timbre :

— Pourriez-vous tenir le petit ? Ce n'est pas bon, pas vrai, de le réveiller. Et puis il mène un train d'enfer quand il a pas dormi. Pouvez-vous le tenir quelques secondes, mignonne ?

Impossible de refuser. Et pourtant cette responsabilité m'effrayait. Elle me passa le gros bébé endormi et se leva ; avec inquiétude, je vis qu'elle était enceinte d'au moins six mois, même en tenant compte du relâchement des muscles, consécutif à deux accouchements rapprochés. Elle se dirigea vers la salle de consultation de la sage-femme, et je restai là avec, sur les genoux, cet énorme enfant, monstrueusement lourd, allongé, chaud et flasque. Son nez coulait un peu et il respirait la bouche ouverte. Il m'écrasait littéralement les jambes. Je m'aperçus qu'il n'était pas seulement chaud, mais aussi mouillé. Je le déplaçai un peu, mais je n'osais pas trop bouger, de crainte de le réveiller et d'avoir dans les bras un marmot hurlant. « Pourvu que ça ne tache pas mon manteau ! » me disais-je. L'épreuve dura dix bonnes minutes. C'était la première fois que je tenais un bébé. Tout en m'inquiétant de mon manteau, je prenai conscience de ce petit être, de sa chaleur, de ses joues larges et roses et par-dessus tout de sa respiration paisible, un peu enchifrenée. Je le serrai plus fort contre moi et refermai mes bras autour de lui.

Avant que sa mère et son frère ne reviennent, on m'appela à mon tour. Cette semaine-là, je devais voir le gynécologue, et non pas la sage-femme. « Mrs Stacey », cria par deux fois l'infirmière. Retenue par cet enfant couché sur mes genoux, je n'osais bouger, me lever, je craignais de perdre mon tour, ou de mécontenter l'infirmière. Je ne pouvais pas faire passer l'enfant dans la rangée, comme un simple paquet. Je commençais à m'affoler quand la mère sortit du bureau de la sage-femme et reprit son enfant, sans trop me faire attendre.

Le gynécologue ne me retint pas longtemps. Selon toute apparence, j'appartenais à la catégorie des cas normaux, indignes d'éveiller l'intérêt des étudiants. Soulagée, comme d'habitude, je descendis Marylebone Road, d'un pas relativement léger, en direction d'Ulster Place, où je devais prendre le thé en compagnie d'anciennes camarades de Cambridge. En chemin, je rattrapai la femme et ses deux enfants. Elle avançait péniblement sur le trottoir opposé ; l'aîné s'arrêtait sans cesse pour fouiller dans les poubelles, pour escalader en courant les marches des escaliers, la mère ne le pressait pas ; elle s'arrêtait pour l'attendre. Regardant à peine ce qu'il faisait, elle s'immobilisait, les yeux fixes, le bébé posé, jambes écartées, sur l'enflure causée par le suivant. Cette lente progression avait quelque chose de solennel, qui m'impressionna beaucoup. La femme, patiente, immobile, semblait un avertissement, un présage, une figure d'un autre monde. Cinq mois plus tôt, je l'aurais dépassée sans même lui accorder un regard ; maintenant, le poids de son enfant pesait sur mes bras, et mon manteau était encore imprégné de son humidité. Je me demande comment elle pouvait avancer dans cette rue. Et je n'aurais pas pu sentir ce poids, avant que mes bras ne l'eussent porté.

À mes amies, je voulus parler de l'enfant, leur dire que je l'avais tenu, afin de me libérer de cette obsession par le rire. C'étaient trois filles sympathiques qui partageaient le même appartement ; l'une d'elles était actrice, une autre fonctionnaire et la troisième se consacrait comme moi à la recherche. À Cambridge, nous noyions dans le rire tous nos ennuis, même les plus pénibles. J'entrepris de décrire la femme en vert ; elles écoutèrent avec un intérêt attendri ; puis je n'eus plus envie de poursuivre mon récit, parce que je comprenais que je n'avais pas mûri en moi cet incident, que je ne l'avais pas porté jusqu'au point où il deviendrait un sujet d'anecdote, comme Lydia n'avait pas mûri suffisamment sa fausse couche pour en faire un sujet de roman. Je ne devais découvrir toute la signification qu'avait eue pour moi cet épisode qu'après la naissance de mon enfant. Mais en quittant mes amies ce jour-là, une partie de cette explication m'apparut. Désormais, comme cette femme, j'aurais besoin de solliciter l'aide des autres, fussent-ils des inconnus. Oui, moi, qui ne savais pas même demander l'amour ou l'amitié !

Chemin faisant, je songeai pour la première fois à ce que je ferais avec un enfant sur les bras et notre vie à gagner. J'avais une telle horreur de demander assistance que je ne supportais aucune forme d'aide domestique ; je ne pouvais pas me résoudre à payer quelqu'un pour faire à ma place un travail qui m'ennuyait. Je n'avais qu'à en remercier mes parents et l'éducation qu'ils m'avaient donnée ; pourtant, je le savais, ce n'était pas pratiquer le vrai socialisme ; et mes parents eux-mêmes ne se montraient pas si pointilleux sur ce genre de détails. Ce n'était pas vertu, ni moralité ; avec mes scrupules, je privais une femme d'autant de fois cinq francs qu'il aurait fallu d'heures pour arracher ce grand appartement à la crasse dans laquelle il menaçait de sombrer. Avec un nouveau-né, je ne pouvais cependant pas me permettre le luxe de semblables scrupules. De plus, il me fallait travailler à la bibliothèque, et il est interdit d'emmener des bébés dans les bibliothèques. Il était indispensable de prendre une décision. Ma notion personnelle de la moralité se trouvait menacée, je le pressentais ; j'allais être contrainte de faire des choses qui me heurtaient. Non pas des choses mauvaises, non, rien de dramatique, mais des choses contraires à ma nature.

Chez moi, je m'assis au salon, pris le *Times* et parcourus la colonne « Personnel de maison, demandes d'emploi ». Je fus surprise par les implications sociales de termes tels que : assistante maternelle, jeune fille au pair, bonne d'enfants, gouvernante. Je ne voulais ni ne pouvais m'offrir aucune de ces personnes. Je me forçai à étudier la question et j'en arrivai à la conclusion que tout ce que je pourrais payer, ce serait une garde d'enfants à tant d'heures par jour et par semaine. À ce moment, la sonnette de la porte d'entrée retentit. Je me levai. Parfois le malaise avec lequel je me levais pour aller ouvrir à un visiteur imprévu éveillait en moi une inquiétude sourde : avais-je vraiment renoncé à tout espoir de revoir George ? Il m'arrivait, même à cette époque, d'imaginer des scènes ; je le voyais franchir le seuil et me dire : « Rosamond, me voilà ! J'ai essayé de vivre sans toi, c'est impossible ! » ou « Rosamond, je t'ai aimée dès le premier regard que j'ai posé sur toi. »

Parfois, non sans honte, je me lançais dans un méli-mélo romanesque de rencontres au bout de longs corridors, de baisers échangés au haut de grands escaliers, de rendez-vous passionnés à Oxford Circus. Je me gourmandai, me répétant que c'était la peur et l'amour qui enfantaient ces images ; et c'était vrai sans doute. Quoi qu'il en fût, je répondis au coup de sonnette. C'était Lydia.

— Je suis *désolée* de te déranger, dit-elle comme je la faisais entrer, mais j'ai subi toute une série de désastres. Et, en bref, je viens te demander si tu pourrais me coucher cette nuit. Si cela t'ennuie, n'hésite pas à me le dire.

— Ça ne m'ennuie pas du tout, au contraire, dis-je.

Nous nous installâmes au salon.

— Et maintenant, raconte-moi tes malheurs.

— Même si je le désirais, je ne pourrais pas m'en empêcher, répondit Lydia.

Et aussitôt elle se lança dans un long récit. La jeune femme avec qui elle partageait un appartement avait vu débarquer son mari, lequel, absent depuis quelques mois, avait réclamé le droit de résider chez lui. La jeune femme avait hésité à se séparer de Lydia et à se priver des mensualités que celle-ci lui versait ; d'autant qu'elle doutait que son mari prolongeât son séjour. Pendant quelques jours ils s'étaient tous trois querellés dans le deux-pièces-cuisine. Lydia couchait sur le canapé. Exaspéré par cette présence continuelle, le mari lui avait enjoint de partir. Sur quoi la jeune femme avait versé des torrents de larmes sur la table du petit déjeuner et déclaré qu'elle préférait Lydia et que c'était donc à lui de s'en aller. Lydia avait alors compris qu'elle devait partir, afin de ne pas s'immiscer dans les affaires d'autrui.

— Mais, dit-elle, je n'avais pas le courage de me mettre à la recherche d'un nouveau logis et de déménager toutes mes affaires. D'ailleurs, il saute aux yeux que le ménage ne tiendra pas plus d'un mois. Aussi me suis-je accrochée. Et j'aurais gagné la partie si, la nuit dernière, comme je me déshabillais sans bruit – j'étais rentrée très tard – en prenant grand soin de ne déranger personne, ce sinistre individu n'avait surgi de la salle de bains et ne s'était jeté sur moi. Après ça, je me suis dit que j'étais *non grata* de toutes manières. Et je suis partie ce matin.

— En ce cas, dis-je, tu peux rester jusqu'à ce qu'il reparte.

— Il ne repartira peut-être pas, dit Lydia. Il est capable de rester rien que pour me narguer, après ce que je lui ai dit la nuit dernière. Le plus terrible, c'est qu'il est plutôt séduisant. Seule justification à son existence, je suppose. Il n'y a pas si longtemps, je raffolais de salauds comme lui. Mais ça m'est passé depuis peu.

Parle-moi plutôt de types gentils, timides, bien élevés, comme Alex ! Voilà le genre qui me plaît.

— Et elle, l'aime-t-elle ?

— Sans doute. Ou elle l'a aimé. Je ne suis pas sûre qu'elle n'en ait pas marre de lui, elle aussi… Ah, autre chose ! Cette semaine j'ai perdu mon emploi.

— Oh, c'est dommage ! fis-je faiblement. Pourquoi ?

Lydia prit un ton plaintif :

— Je ne cessais de manquer. À la fin, ils m'ont dit que j'avais manqué une fois de trop. Je ne peux pas le leur reprocher. Mais le résultat est que je n'ai plus le sou.

— Oh ! fis-je navrée. Veux-tu que je te prête…

— Non, non ! J'en ai un peu par-ci, par-là. Mais nous pourrions nous arranger autrement, si tu y consens. Puisque tu es si gentille… Je pourrais m'installer ici et m'occuper du bébé. Bien entendu, je te paierais un loyer, enfin un loyer de principe. Je te rendrais de grands services, tu ne crois pas ? Ramasser ce que tu laisses tomber, porter ton panier à provisions. Du moins, si cela ne t'ennuie pas trop. Je veux dire… Personne d'autre ne vit ici, non ?

C'était une allusion très claire à l'insaisissable père de mon futur enfant. Je secouai la tête et affirmai n'avoir aucun sous-locataire. Plus je pensais à cette proposition, plus elle me séduisait, parce que je disposais de beaucoup de place et que la perspective d'avoir à appeler seule une ambulance commençait à m'affoler. Néanmoins, ce qui me plaisait le plus, c'est que Lydia m'avait donné à entendre que c'était une grâce que je lui faisais ; ce n'était pas moi qui la sollicitais. Pour bien mettre les choses au point et sauver mon amour-propre, je ne voulus accepter aucune mensualité, alléguant que je n'en payais pas moi-même, puisque mes parents m'avaient laissé la libre jouissance de l'appartement. Nous pourrions cependant partager les frais d'électricité. Elle poussa un soupir de soulagement et parut enchantée à la perspective de vivre avec moi.

— C'est tellement chic ici ! s'écria-t-elle. Et tu es une fille tellement chic ! Tout ce qui est chic, ça me va !

— Je crains pourtant que tu ne décampes dès que le bébé sera là. Les enfants, ça n'est pas chic, tu sais !

— Quelle sottise ! Je t'accorde que les bébés légitimes n'ont rien d'extraordinaire. Mais les naturels, ça, c'est le dernier cri !

Nous fêtâmes notre accord avec le reste d'une bouteille de vin, très vinaigré, du jambon et des œufs. Puis Lydia téléphona à tous ses amis pour leur dire où elle était, ce qui donna lieu à une discussion au sujet de la note du téléphone. Enfin elle me demanda où était la télévision. Je lui répondis que je n'en avais pas et n'en voulais à aucun prix ; j'avais trop de travail. Cet argument ne l'impressionna guère. Elle me demanda de lui prêter une chemise de nuit, car elle avait envie de se coucher. Nous préparâmes son lit, puis nous engageâmes une longue discussion à propos de Joë Hurt, que Lydia avait vu la semaine précédente. Enfin, j'allai me coucher à mon tour. Je m'endormis plus heureuse que ça ne m'était arrivé depuis des mois, soulagée, sans angoisse, ni ce sentiment de solitude oppressante qui, depuis quelque temps, me tourmentait. J'aimais bien Lydia, fille intelligente, intéressante, pleine d'assurance, et elle était venue d'elle-même chez moi. La semaine suivante, elle loua un appareil de télévision, que je l'obligeai à mettre dans sa chambre. Parfois j'allais m'asseoir près d'elle, sur son lit, et je regardais. Elle avait commencé un autre roman et dactylographiait bruyamment en suivant le programme. Alors je lui fis replacer la télévision au salon, mais elle s'y transplanta avec sa machine, parce que, disait-elle, le bruit de la machine l'aidait à se concentrer.

Tenir le ménage avec Lydia, ce fut facile. Au bout d'une semaine, je me sentis prête à franchir l'étape suivante et à remettre la maison en ordre. Depuis pas mal de temps, je nourrissais l'intention d'écrire à ma sœur pour la mettre au courant de mon état. À mon frère je n'avais aucunement l'intention de donner la nouvelle, car ma conduite l'aurait outragé, et, comme je l'ai déjà dit, je ne voyais pas pourquoi j'aurais bouleversé ma famille sans nécessité. Ma sœur, j'en étais sûre, se montrerait compréhensive, elle qui m'avait toujours chanté les joies de la maternité et de la vie domestique. Je disais parfois qu'elle cherchait à entraîner les autres dans le piège où elle s'était laissé enfermer. Il sautait aux yeux qu'elle regrettait de s'être mariée. Comme moi, elle était bien la fille de nos parents, élevée pour être indépendante et pour se considérer comme l'égale de n'importe qui. Elle appliquait aux problèmes pratiques un sérieux qui me rappelait beaucoup ma mère. Elle avait été, elle aussi, à l'université ; mais à Oxford, pas à Cambridge, et elle avait fréquenté des cercles légèrement plus intellectuels et plus engagés que ceux dans lesquels je m'étais introduite. Elle y avait fait la connaissance de son futur mari, un physicien nommé Hallam ; elle-même s'occupant de sciences économiques, ils avaient un peu un terrain de rencontre. Ils s'étaient mariés à la fin de ses études à elle ; Hallam avait aussitôt reçu un poste dans un centre de recherches atomiques et avait emmené sa femme dans un coin perdu des Midlands, peuplé uniquement de physiciens de l'atome, de leurs épouses, de commerçants et d'ingénieurs. Béatrice avait eu trois enfants coup sur coup ; elle avait fait de nécessité vertu, mais je devinais que ça l'ennuyait de voir ses diplômes inemployés. Sa conscience trouvait un apaisement dans le caractère aride de sa vie sociale et dans la difficulté d'élever trois enfants en bas âge ; après tout, ce n'était pas comme si elle avait abandonné l'économie pour se prélasser chez le coiffeur…

Sur le plan idéologique, la pauvre Béatrice occupait une position inconfortable : à l'encontre du reste de la famille, elle était pacifiste convaincue, ou du moins l'avait été à Oxford. La vie dans un centre atomique devait lui peser ; par chance, Hallam partageait ses opinions politiques. Mais il lui affirmait sans cesse que la science est un facteur de sécurité internationale ; il croyait fermement défendre, avec le meilleur de ses forces, la cause de la paix mondiale. Il se peut qu'il eût raison, bien que ce ne fût pas le mobile qui l'avait déterminé à choisir cette situation. Ayant avalé la chose, Béatrice avait commencé à faire du compromis réaliste sa ligne de conduite et à désapprouver un peu l'attitude rigide de nos parents. Cependant la question du pacifisme continuait à la tourmenter. Un jour, elle m'avait écrit que son fils aîné Nicolas avait atteint l'âge de la violence et qu'il ne cessait de jouer au soldat, au cow-boy et, pire que tout, aux bombes. « Chaque fois que je lui dis de terminer son potage, se lamentait-elle, il me met en joue en criant : « Bang ! Tu es morte ». Un jour, exaspérée au-delà de toute mesure par cette stupide habitude, elle avait durement giflé l'impertinent « ce qui est *absolument* opposé à mes principes et va à l'encontre du système éducatif de la résistance passive. C'était, à mes yeux, comme une guerre en miniature. » Le malheureux gosse avait prétendu depuis qu'il avait mal à l'oreille, et Béatrice avait été torturée de remords, jusqu'à ce que la preuve eût été faite que le garnement ne souffrait de rien du tout, sauf de dépit.

Quoi qu'il en soit, j'écrivis à Béatrice et lui parlai du bébé. Je m'attendais à recevoir par retour du courrier des marques de compréhension et de tendresse ; et je les attendais avec impatience, car j'étais depuis trop longtemps sevrée d'affection. J'étais fière de m'être si bien débrouillée et j'espérais même recevoir des félicitations pour la réserve dont j'avait fait preuve. Or voici la lettre que je reçus :

Ma chère Rosamond,

Je ne saurais te dire combien nous avons été bouleversés par la nouvelle que tu nous annonces. Comment te décrire notre inquiétude ? Pourquoi ne nous as-tu pas prévenus plus tôt ?... D'après ce que tu écris, je crois comprendre que l'enfant naîtra dans quatre mois. Vraiment, tu aurais dû nous avertir depuis longtemps ! Tu nous demandes de ne rien écrire aux parents, mais tu sais bien qu'ils finiront par apprendre le fait tôt ou tard, et tu ne peux pas continuer à vivre dans leur appartement sans les mettre au courant. Ils seront, sans aucun doute, dans tous leurs états, mais tu sais comment ils sont : ils ne gardent jamais rancune à personne. Enfin, puisque tu me demandes de ne pas leur en parler, il va de soi que je m'en abstiendrai, cependant j'aimerais que tu en prennes l'initiative. Et Andrew ?... Je sais bien que tu ne le vois jamais, et je ne te le reproche pas. Néanmoins que se passera-t-il si tu le rencontres ? Ou si un de ses amis te croise dans la rue ?... Ce serait terrible, si les parents apprenaient la chose par lui, car il n'hésiterait pas une seconde à les mettre au courant.

Ne va pas t'imaginer que je ne pense pas à toi avec tendresse. Ce doit être bien pénible pour toi, je me demande comment tu arrives à tenir le coup. Je suis heureuse en tout cas que ton travail n'en souffre pas.

« Tu ne me dis pas grand-chose sur cette affaire. J'ai cru toutefois comprendre que tu avais l'intention de garder l'enfant avec toi. Il est de mon devoir de te dire qu'à mon sens ce serait une très grave erreur, aussi bien pour toi que pour l'enfant. Réfléchis ! Si tu le faisais adopter par quelqu'un, tu oublierais toute cette histoire en moins de six mois, et tu pourrais reprendre ta vie là où tu l'as laissée. Ce serait infiniment mieux pour toi, ne crois-tu pas ? Tu n'as pas la moindre idée de ce que c'est que d'avoir un enfant, de la responsabilité, des soucis, de l'angoisse financière, de l'impossibilité de sortir ou de faire quoi que ce soit sans avoir tout prévu et organisé. Crois-moi, je parle en connaissance de cause. Je ne te vois pas t'adaptant aux exigences que crée la présence d'un enfant. Tu as toujours tenu farouchement à ton indépendance, toujours voulu agir à ta guise. Tu n'as aucune idée de ce que cela signifie, de penser à un autre, vingt-quatre heures sur vingt-quatre ; et cela, non pas un an ou deux, mais toujours. Ce n'est cependant pas à toi seule que je pense. Ce sera dur pour toi, mais bien davantage pour l'enfant. Sans qu'il y ait faute de sa part, il portera toute sa vie la marque infamante de l'illégitimité, et tu ne saurais imaginer combien les enfants peuvent être cruels et vicieux entre eux, une fois qu'ils ont mis la main sur un secret de ce genre. Un bébé n'est pas une chose que l'on a simplement parce qu'on s'imagine qu'on doit l'avoir. Tu ne dois pas le garder, voilà la vérité. Ton devoir est de le faire adopter par un couple qui désire vraiment un enfant et qui sera sans doute beaucoup mieux à même d'en élever un. Je sais bien que, dans l'idéal, dans une société digne de ce nom, aucun enfant ne devrait souffrir d'un désavantage de cet ordre ; mais la société dans laquelle nous vivons est loin de répondre à nos exigences ; je ne peux pas supporter l'idée de ce que ton enfant aurait à souffrir, et de ce que tu souffrirais à cause de lui. Je t'en supplie, réfléchis, essaie de considérer l'avenir et non pas seulement le présent. Et si tu me permets de te donner un conseil : quand tu auras pris la décision de faire adopter ce petit, pour l'amour de Dieu ne le vois pas trop. Je crois qu'on doit les garder un certain temps. Mais, par pitié, ne cède pas à l'amour maternel. À cet âge, il n'a pas besoin de s'attacher à toi, et tu seras la seule à souffrir. Autre chose : dans ta lettre, tu ne mentionnes même pas le nom du père ; j'en conclus que tu ne veux pas de lui, ou que tu ne veux plus avoir aucune relation avec lui. Je suppose donc que tu n'as pas envie de lui demander une aide financière. Si tu as besoin d'argent, dis-le nous, et nous verrons ce que nous pourrons faire. Pense aussi combien ce serait pénible, de voir grandir l'enfant d'un homme qu'on n'aime pas. C'est déjà assez dur quand c'est l'enfant d'un homme qu'on aime. Pauvre Rosamond, comme c'est triste pour toi ! Je voudrais venir t'aider, mais je suis très fatiguée, et ils sont tous affreusement enrhumés. L'hôpital, en tout cas, est bien, c'est déjà quelque chose. Pas drôle, tu sais, d'être bousculée de-ci de-là, traitée comme un numéro ! Bah, il faut serrer les dents ! Quoi qu'il en soit nous t'embrassons tous les deux. Écris-nous. Prends bien soin de toi, je t'en prie. Ne te fatigue pas trop. Je t'embrasse encore. Béatrice.

Je lus cette lettre avec étonnement. Je voyais bien que ma sœur l'avait écrite dans une bonne intention, parce qu'elle se tourmentait à mon sujet ; néanmoins j'en fus indignée, exaspérée. Nul n'avait, selon moi, le moindre droit de me donner des conseils à propos de mon enfant. Je n'avais sollicité aucun avis, j'étais parfaitement capable de me diriger moi-même dans la vie. Cette lettre eut du moins un résultat positif : elle me révéla à quel point j'étais résolue à garder l'enfant. Une telle décision, à cette phase de ma grossesse, ne pouvait se fonder comme elle le ferait plus tard, sur l'amour, parce que je n'éprouvais aucun amour, et même souhaitais fort peu le connaître ; elle se fondait plutôt sur une extrême confiance en moi, sur une conviction, tout à fait irrationnelle, qu'aucun parent adoptif ne pourrait être à ma hauteur. En même temps la perspective d'être mère m'effrayait. Comme d'habitude, je me posais des questions : mon enfant m'aimerait-il ?... Aimerais-je mon enfant ?... Mais j'étais absolument sûre d'une chose : cet enfant serait mien, je l'aurais. Je me moquais de ce que Béatrice pourrait dire. Ç'aurait été une lâcheté, une véritable trahison, d'abandonner l'enfant à n'importe quel inconnu bien intentionné.

La lettre de Béatrice eut un autre résultat, qu'elle n'avait pu prévoir. Son allusion à la difficulté de vivre avec l'enfant d'un homme que l'on n'aime pas imposa pour la première fois à mon esprit l'image d'un enfant qui ressemblerait à George. L'image fut si vive, si douloureuse, qu'une folle envie, une envie désespérée, de téléphoner à George s'empara de moi. J'eus envie de tout lui raconter. Bien entendu, je ne le fis pas ; mais, ce soir-là j'allumai la radio, luxe que je ne m'étais pas permis depuis quelque temps, et j'écoutai sa voix. Elle résonnait si courtoise, si innocente, qu'une fois de plus je ne parvins pas à croire que j'avais, un seul moment, envisagé de le mettre dans l'embarras, de lui imposer une gêne, une inquiétude. J'écoutais de nouveau en moi chacune des paroles qu'il m'avait dites, et j'aurais beaucoup donné pour l'entendre me répéter, rien qu'une fois, de sa voix douce et efféminée : « Bon sang, que nous sommes jolie ce soir, Rosamond ! » Pourtant nous devions admettre que nous ne l'étions plus du tout !

Jusque-là, j'avais été de bonne composition. Je voyais en chacun ce qu'il avait de mieux, je cherchais à excuser ses erreurs, à trouver dans son entourage la cause de ses défauts et de ses imperfections, à prendre tout le blâme pour moi. Sans l'enfant, j'aurais pu continuer indéfiniment ainsi ; et, qui sait, peut-être aurais-je été meilleure et plus heureuse, dans toute la douceur de mon innocence. Je le répète : je n'étais pas aveugle aux défauts d'autrui, je les voyais, mais leur trouvais des excuses. Et voilà que je leur en trouvais de moins en moins ! Je continuais à faire poliment des courbettes et à sourire quand on me claquait la porte au nez ; mais au fond de mon cœur je sentais sourdre une rancœur. Notamment certain jour, vers la fin du cinquième mois. Il est vrai que, sous mon manteau d'hiver, ça ne se voyait pas. Dans le métro, deux femmes plus toute jeunes montèrent ; il n'y avait plus de places disponibles. Elles se plantèrent devant moi, qui étais assise, s'aggripèrent à la barre et se mirent, intentionnellement, à stigmatiser les déplorables manières de la jeune génération. Comme j'étais la plus jeune du wagon, je fus bien obligée de me sentir directement visée. Le ton devint de plus en plus fielleux. Je me rends compte maintenant que c'étaient de vieilles toquées, de pauvres malheureuses ; mais, à les écouter, la colère me saisit. On m'avait appris à céder ma place aux personnes âgées dans les transports publics. Je ne pus donc supporter plus longtemps leurs critiques acerbes et, me levant avec peine, je leur offris ma place. J'avais fait le geste de mauvaise grâce ; néanmoins une des femmes s'assit, sans un mot de remerciement, avec une moue de reproche et de lassitude. Debout près d'elle, je me rendis compte qu'elle n'avait pas remarqué mon état. C'est bien la seule fois où j'ai souhaité d'être aussi grosse qu'une tour, comme certaines femmes ; il est vrai que la grosseur ne veut rien dire et qu'on se sent beaucoup plus mal les trois premiers mois quand rien n'est encore visible. Je restai là, le regard fixé sur cette femme et le cœur plein de haine. J'aurais voulu tomber évanouie à ses pieds, rien que pour lui faire honte. Mais, qui sait, elle avait peut-être ses propres infirmités.

Quant à mon frère et à sa femme, j'avais coutume de leur chercher des excuses, à eux aussi. Je m'efforçais de ne pas les voir tels qu'ils étaient, mais d'essayer plutôt de découvrir ce qui avait fait d'eux ce qu'ils étaient. L'aversion me semblait un sentiment irrationnel. Je ne les voyais pas souvent – par devoir, environ deux fois par an. Je pensais donc n'avoir nulle peine à les éviter ; au contraire de Béatrice, je ne craignais pas du tout de tomber sur eux à l'angle d'une rue. Or c'est, bien entendu ce qui arriva. Au rayon d'alimentation de Selfridge, j'achetais un sac de farine complète. Lydia et moi nous nous étions mis dans la tête de cuire nous-mêmes notre pain – cette crise fut d'ailleurs de courte durée. Tout à coup j'aperçus ma belle-sœur qui fixait un regard avide sur une alléchante rangée de volailles farcies et lardées. Sans aucun doute, elle faisait ses achats pour un de ses affreux dîners. À cette vue, je fis aussitôt demi-tour et voulus m'éloigner. Hélas, elle dut lever les yeux à ce moment, car je l'entendis crier, de sa voix perçante et affectée : « Rosamond ! Rosamond ! » Je me retournai et, à pas lents, réticents, j'allai vers elle. Tout de suite elle décela mon état.

— Bonjour, Clare, dis-je quand je fus à sa hauteur. Alors tu achètes un faisan ou deux ?

Elle me regarda, embarrassée – il y avait de quoi – et, cherchant à gagner du temps, elle marmonna :

— J'achète quelques petites choses pour un dîner que nous donnons demain.

Elle arborait un manteau vieux rose à col de fourrure et un chapeau qui la vieillissait. Elle ne devait pas avoir plus de vingt-huit ans et on lui en aurait donné quarante. Une jeune quarantaine, certes, bien conservée par des soins attentifs et par un constant souci de se protéger des intempéries. Ni laide, ni jolie, c'était une maniaque de la propreté. Lors d'une de nos premières rencontres, à l'époque où elle s'imaginait encore que nous pourrions être de bonnes amies, elle me racontait qu'elle ne cessait de porter ses affaires chez le teinturier.

— S'il y a une chose que je ne peux *supporter*, disait-elle en frissonnant de dégoût, ce sont les vêtements sales. Tu n'es pas de mon avis ?

La remarque m'avait étonnée, car je n'ai jamais accordé beaucoup d'attention à ce genre de choses. Je me contentai de répondre :

— Oh oui, sans doute.

Et je coulai un regard inquiet à mon chandail long, que je n'avais pas lavé depuis des siècles. À dater de ce jour, nous avions renoncé à feindre d'avoir quoi que ce soit en commun, mis à part les liens de famille. Pauvre Clare ! elle souffrait je suppose d'un complexe d'infériorité intellectuelle. En tout cas, ce complexe était pleinement justifié. Andrew était moins terne qu'elle, mais il se sentait inférieur à ses parents et à ses sœurs, ce qui pouvait être une des causes de sa révolte sociale. D'ordinaire, je laissai l'initiative à Clare, chose que, inférieure ou non, elle était toujours prête à prendre. Mais je compris que cette fois c'était à moi d'attaquer.

— Tu reçois des amis ? dis-je d'un ton dégagé. C'est rare que tu fasses des courses à Londres.

— C'est vrai. Je suis venue y passer la journée. Je voulais me faire coiffer.

— Vraiment ?… Avec ce chapeau on ne voit pas grand-chose. Chez qui es-tu allée ?

— Chez Romain. Où vas-tu, toi ?

— Je ne vais pas chez le coiffeur. J'aime ce qui est naturel et je déteste les permanentes… Il y a des siècles que je ne t'ai vue. Comment va Andrew ?… Plus occupé que jamais ?

— Tu l'as dit.

— Toujours fervent de bridge ?

— Oui, fit-elle avec un sourire froid, qui se voulait aimable et non pas froid.

Avec un effort, elle ajouta :

— Il faut que tu viennes nous voir un de ces jours. Tu avais des empêchements la dernière fois que je t'ai téléphoné. N'était-ce pas le jour de Noël ?

— J'ai beaucoup à faire ces jours-ci, je le regrette. Je crains bien de ne pas être libre d'ici à l'automne.

Nous étions en février.

Elle détourna le regard, très gênée. Moi aussi j'étais gênée, mais je n'allais pas le montrer.

— Il faut que je continue mes achats, dit-elle. Ces dîners sont assommants.

— Je m'en doute. Je me demande même pourquoi tu en donnes… Eh bien, je suis contente de t'avoir vue, Clare. Embrasse Andrew pour moi. Tu lui diras que tu m'as rencontrée.

Parlant ainsi, je la regardai intensément. Lui dirait-elle ce qu'elle avait deviné ? Elle rougit un peu et détourna les yeux, mais je compris qu'elle ne dirait rien ; et la suite devait me le confirmer. Ce n'est pas pour me faire plaisir, j'en suis convaincue, mais plutôt pour éviter d'avoir à entreprendre quoi que ce fût en ma faveur, ou en ma défaveur. Elle n'aimait pas notre famille, non sans raison ; et moins elle nous voyait plus elle était contente. Quand je la quittai, elle était penchée sur l'étalage, désignant de son doigt ganté couleur prune un faisan paré. Je m'éloignai, songeant aux dîners de Clare, à ses interminables visites chez le teinturier, à ses séances dans les salons de coiffure. Ces femmes perdent leur temps chez le coiffeur parce qu'elles n'ont rien de mieux à faire et qu'elles ne savent comment se débarrasser de leur argent. On devrait avoir pitié d'elles ; mais j'en avais plus qu'assez de la pitié, et je préférais céder à l'aversion. Une parasite oisive, voilà ce qu'était ma belle-sœur, me disais-je non sans amertume, en rentrant chez moi avec mon gros sac de farine. Et je pensais à ma mère, la bouche pleine d'épingles à cheveux, tordant en un chignon, toujours le même, ses longs cheveux, tandis qu'elle parcourait du regard les rapports quotidiens du centre de rééducation des jeunes délinquants. Ma mère, Béatrice et moi, nous étions toutes les trois plus jolies et plus intelligentes que cette fille, mais à qui la faute, à qui le mérite ? Ainsi rêvant, j'entrai dans l'ascenseur et j'appuyai sur le bouton correspondant à mon étage. Cette animosité fut submergée par un brusque reflux de mon sens de la justice, qui me laissa, comme toujours, sur le rivage humide et décevant de la pitié pour mes semblables.

La richesse est un terrible fléau. La pauvre Clare n'était même pas riche ; elle possédait pour tout bien des manières distinguées et un timbre de voix hérité. Je dis « pauvre Clare » parce qu'elle n'est pas heureuse ; mais moi non plus, je ne suis pas heureuse : elle peut donc, elle aussi, dire « pauvre Rosamond ». Parfois, je me demande si ce n'est pas mes parents qui sont cause et responsables de mon incapacité à voir les choses en termes humains de sympathie et d'aversion, d'amour et de haine, et non pas seulement en termes de justice, de culpabilité et d'innocence. La vie n'est pas juste : cette leçon, je l'ai apprise en mangeant mes cornflakes dans notre demeure familiale de Putney. La vie est injuste à tous égards, dans tous les domaines ; et ceux qui, comme mes parents, cherchent à la corriger sont voués à l'échec. Mais lorsque, farouche, agressive, tragique, je leur disais cela par-dessus les cornflakes, exaspérée, au point d'en pleurer, par leurs aspirations, par leur naïveté innocente et sans espoir, ils se contentaient de sourire pacifiquement et de dire : « Oui, chérie, on ne peut rien contre l'inégalité de l'intelligence et de la beauté. Mais ce n'est pas une raison pour ne pas essayer de faire quelque chose sur le plan économique. »

Bien entendu, selon les normes courantes, nous étions assez riches nous-mêmes. Ce n'était pas la vraie fortune, rien de comparable à ce dont j'aurais la révélation à Cambridge ou avec Roger, ou même avec Joë qui s'était fait lui-même ; néanmoins, nous étions très à l'aise. Mes parents maugréaient toujours, mais ils ne manquaient de rien. Je fus longue, très longue, à élaborer une théorie économique personnelle ; spécialement à cause des anomalies de mon éducation, qui m'avaient appris à croire aux pauvres sans être une des leurs. Je fréquentais une « *public school* » où, de nouveau, je me trouvais dans la bizarre situation d'être la seule élève dont les parents votaient travailliste, alors qu'ils étaient parmi les plus huppés et les plus en vue. Je comprenais que c'était plutôt paradoxal et cela troublait mes idées. Je me rappelle très clairement la manière dont je réussis à me faire une image du reste du monde et dont j'accumulais les informations sur la vie des autres. Parmi les épisodes qui jalonnèrent cette découverte, il en est un dont je reconnus tout de suite l'importance. Je devais avoir huit ou neuf ans, et Béatrice deux ans de plus. Nous étions allées jouer dans un parc, sous la surveillance d'une fille que j'hésite à qualifier de gouvernante ou de femme de chambre ; elle avait dix-huit ans à peu près et elle était tout à fait incapable, comme d'ailleurs les autres membres de notre personnel domestique. Quand elle nous emmenait en promenade, c'était toujours dans le même jardin public, parce qu'elle y retrouvait son amoureux, un jardinier. C'est elle qui nous l'avait dit. Elle nous racontait des choses horribles. Cela nous convenait parfaitement, parce qu'ainsi nous étions libres de faire ce qui nous plaisait. Or, à cette époque-là, nous étions des fanatiques de la pêche. Armées d'un filet et d'une boîte à confiture vide, nous attrapions des vairons et des têtards – c'était passionnant.

Cet après-midi-là, Béatrice et moi, nous laissâmes Marleen marivauder au creux d'un buisson, et nous nous dirigeâmes vers une petite mare boueuse que nous considérions un peu comme notre domaine privé. Cette fois, cependant, il y avait deux garçons. Nous les regardâmes d'un air soupçonneux, car il nous arrivait d'être tarabustées par de jeunes voyous ; mais ils semblaient très occupés, eux aussi. Alors, sans plus nous inquiéter, nous nous mîmes à pêcher. En général, nous étions assez expertes dans cet exercice. Nous prîmes une grosse épinoche, rose et bleue, toute frétillante. La façon enthousiaste dont nous saluâmes cette belle prise attira l'attention des deux garçons ; accourant, ils examinèrent le poisson, qui s'agitait frénétiquement dans la boîte de conserve. Comment l'avions-nous attrapé ? Ils nous conseillèrent aussi de couvrir la boîte.

— Ils réussissent parfois à sauter hors de la boîte, dit l'un d'eux. Ils sautent très haut – aussi haut que les saumons.

Et tous quatre ensemble nous essayâmes de prendre un autre poisson. Pendant ce temps, ils nous parlaient de la femelle épinoche qu'ils avaient gardée plusieurs mois dans un vieux seau.

— Nous lui rendions la liberté l'hiver. Nous la ramenions ici et la rejetions à l'eau. Nous avions peur qu'elle ne gèle dans notre cour.

Cette manifestation de sensibilité, rare chez les garçons, nous impressionna, Béatrice et moi. C'étaient de gentils garçons, appartenant sans doute à la bourgeoisie, comme nous, et qui, comme nous, portaient des pantalons et des chandails plutôt boueux. En ce temps-là, nous ne distinguions pas encore très bien les accents. Nous nous entendîmes très bien, quoique nous n'eussions pas réussi à attraper d'autres épinoches, mais seulement deux ou trois têtards. Au bout d'une heure ou deux, des canards vinrent nous rendre visite, et Béatrice se rappela qu'elle avait quelques croûtons de pain à leur donner. Elle ouvrit le sac en papier et se mit à jeter les croûtons dans l'eau. Mais, les canards, gras et suralimentés, dédaignèrent cette offrande. Il n'en fut pas de même des petits garçons. Le plus petit – il était adorable, on l'aurait dit sorti d'une illustration de Richard Crompton – demanda :

— Est-ce que je peux en avoir un ?

Béatrice leur tendit le sac, qu'ils vidèrent. Cela ne nous surprit pas outre mesure, car, en ce temps-là nous mangions à l'école des choses plus bizarres encore. Nous continuâmes à pêcher. Cinq minutes plus tard, Marleen nous appela ; elle ne pouvait pas nous voir, puisque nous étions accroupies sur une petite rive fangeuse, cachées à la vue des passants par quelques lauriers-roses ternes et poussiéreux. À voix basse, nous fîmes de petites plaisanteries enfantines sur les amours de Marleen avec Dick.

— C'est pas vot' mère ? demanda le plus grand des garçons, tandis que Marleen continuait à s'époumonner placidement.

— Non, non ! fis-je, horrifiée à la pensée que Marleen pût être la mère de quelqu'un. Non, c'est notre servante.

À cette époque-là, ce mot était couramment employé, même chez nous. Je n'hésitai donc pas à le prononcer ; et maintenant j'ose à peine l'écrire. Les deux petits garçons parurent surpris. L'un d'eux s'écria :

— Bon sang ! Vous êtes riches, alors ?

À cet instant précis, Béatrice et moi saisîmes la situation, et nous nous regardâmes avec inquiétude, prêtes à nous enfuir et à plonger en avant pour éviter les pierres lancées d'une main rageuse. Mais il n'y eut pas de pierres. Nous reniâmes en bloc nos richesses. Nous ne nous estimions pas riches, parce que nous étions beaucoup plus pauvres que bien des gens de notre connaissance : filles d'industriels, etc. Mais nous venions de comprendre quelle était notre situation par rapport à ces garçons, et nous mourions de peur. Nos nouveaux camarades, eux, ne s'en souciaient pas. Ils nous aimaient bien, ils s'étaient beaucoup amusés, ils étaient intéressés et impressionnés. Appartenant sans doute à la classe des pauvres « méritants », c'étaient des garçons gentils, bien élevés. Nous savions, quant à nous, que nous ne méritions pas leur sympathie, mais leur mépris. En hâte, nous en revînmes à Marleen et à son ami, puis, avec un vif soulagement, nous quittâmes les deux gamins.

— On se reverra ! crièrent-ils.

Nous savions que nous ne les reverrions pas. Une heure comme celle-là dans toute une existence, c'est plus qu'on n'en peut espérer. Souvent, en pensée, je les ai revus mangeant ces croûtons, non pas comme des miséreux, des meurt-de-faim, néanmoins avec avidité. Et je n'avais pas compris ! À l'avenir, me disais-je, mon devoir serait de comprendre.

Des années plus tard – en fait il n'y a pas si longtemps – je suis allée passer quelques jours auprès de Béatrice et des siens. Elle n'avait alors que deux enfants, de quatre et de trois ans. Je les aimais bien, sans bien les connaître ; je les emmenais se promener et cueillir des mûres, puisque nous étions en octobre. Le centre de recherches où travaillait Hallam est perché au sommet d'une colline, et toute la campagne autour est desséchée, décolorée et argentée ; les champs disparaissaient sous un chaume pâle, dont aucune tache de couleur ne rompait la monotonie. Ma sœur et mon beau-frère habitaient une petite ville champignon, qui ressemblait à un camp militaire ; cependant, il faisait bon vivre dans la maison de Béatrice, malgré un extérieur banal. Cette maison était une des plus jolies de l'endroit. Un dimanche, après le déjeuner, nous étions assis au salon, Hallam, Béatrice et moi, plongés dans une torpeur accablante, entourés des pages froissées et mélangées de divers journaux du dimanche, lorsque tout à coup des cris nous vinrent du jardin où les enfants jouaient. Béatrice s'extirpa avec peine de son fauteuil et alla vers la fenêtre.

— Oh non ! dit-elle. Encore !...

Avec une expression de colère mêlée de résignation, elle sortit par la porte de derrière. Sur ces entrefaites, j'avais gagné la fenêtre. Je vis Béatrice aller à la grille d'entrée, en arracher ses deux enfants, et, avec une fureur concentrée, dire à une petite fille qui s'accrochait de l'autre côté de la grille :

— Va-t-en !... Allez, file plus vite que ça !

Sa voix, ordinairement douce, avait pris une dureté surprenante ; on aurait dit qu'elle s'adressait à un chat ou un chien. Puis elle emmena ses enfants, qui la suivirent sans trop rechigner, non sans lancer en arrière des regards où le triomphe le disputait à la honte. Je les entendis tous les trois entrer dans la cuisine, d'où parvinrent des bruits de bottes qu'on retire, de mains qu'on lave et essuie, etc. Moi, je continuais d'observer par la fenêtre l'enfant dont la présence avait provoqué ce remue-ménage.

C'était une petite fille comme il y en a des milliers, vêtue d'un pantalon de velours côtelé marron, d'un vieux chandail lavé et relavé, de chaussures de plastique – celles qui sont si mauvaises pour les pieds. Un visage carré, inexpressif. Elle avait assisté, avec une impassibilité opiniâtre, au départ de Nicolas et d'Alexandra, et l'apostrophe de Béatrice ne l'avait pas fait ciller. Elle ne s'en alla pas ; elle continua de se suspendre à la grille, fixant sur le jardin un regard vide et morne. Soudain, elle éclata en sanglots bruyants ; les larmes ruisselèrent sur son visage, qui se déforma et devint aussi rouge que son chandail ; tout son corps tremblait. Je contemplais cette manifestation avec un certain détachement. La douleur de la fillette parvint enfin à s'exprimer : « Je n'ai personne avec qui jouer ! Personne ! » Elle hurla ces mots plusieurs fois, jusqu'à ce que Béatrice, ressortant de la cuisine, lui eût crié de nouveau :

— Va-t-en !

Alors elle cessa de hurler, aussi soudainement qu'elle avait commencé, lâcha la grille et s'enfuit.

Quelques minutes plus tard, Béatrice, qui avait persuadé ses enfants de monter jouer dans leur salle de jeux, nous rejoignit au salon. Épuisée, semblait-il, elle se laissa choir sur le divan. Dévorée de curiosité, je lui demandai :

— À propos de quoi, tout ce tapage ?

Elle m'expliqua que cette enfant était la fille d'une femme de ménage attachée au centre, et qu'elle ne cessait de demander à Nicolas et à

Alexandra de jouer avec elle, ce qui leur était défendu.

— Pourquoi ? demandai-je.

J'avais mis sans doute une note d'accusation dans ma voix, car Béatrice répondit, fâchée :

— Oui, tout ça c'est très joli, mais la chose est hors de question ! Au début j'ai permis, puis je me suis aperçue que c'était impossible. Tu n'as aucune idée de ce qu'ils pouvaient inventer.

— Non, tu as raison, je n'en ai pas la moindre idée, dis-je, la curiosité de plus en plus éveillée. Raconte-moi.

— Eh bien, je n'ai rien contre les accents et contre les manières de parler un peu vulgaires, en théorie du moins. Encore que le langage de la petite soit à peu près incompréhensible, un véritable charabia. Mais c'est tout le reste que je ne peux pas supporter.

— Par exemple ?

— Des choses comme de jouer dans les cabinets du jardin. Je n'arrivais pas à les en chasser. Sans cesse, ils y retournaient. Ce qu'ils fabriquaient là-dedans, je préfère ne pas y penser. Et puis, elle leur apprenait des mots horribles. Un de leurs jeux favoris consistait à se balancer à cheval sur la porte grillagée du jardin, en criant : « Sales cons ! » à tous les passants.

J'éclatai de rire, Béatrice en fit autant, néanmoins elle poursuivit :

— Tout cela est bel et bon, mais les gens étaient furieux. Et les petits apprenaient ce vocabulaire aux autres enfants, et ainsi de suite. Tant et si bien qu'à la fin les petits n'avaient plus que cette gamine comme camarade de jeux, parce que les autres parents ne supportent pas ça, même si moi je le supporte. Et je n'allais pas supporter que mes enfants soient mis en quarantaine à cause de cette morveuse, non ? Je n'attache pas tant d'importance à ce « sale con », que des gens tout ce qu'il y a de plus respectables disaient même de notre temps. Ce sont tous les autres mots qui m'exaspèrent.

— Quels mots ?

Béatrice éluda la réponse, d'un geste évasif. J'insistai. Elle se borna à dire :

— Oh ! pas de vilains mots, pas de ces horribles gros mots que disent tous nos beaux amis, ceux que le lord Censeur réprouve, non. Tout bêtement des mots stupides, vulgaires, enfantins. Ils les trouvent si drôles qu'ils les crient à tous les échos, et ensuite ils gloussent de rire.

Cela paraissait en effet très irritant, même à quelqu'un comme moi, à qui ces problèmes sont fort étrangers. Pourtant je me crus obligée de répondre :

— Bah, ne t'inquiète pas ! Ça leur passera.

— Sans doute. Mais, en attendant, il faut bien que je vive.

— Je croyais que c'était contraire à tes principes. Les enfants des classes dites « supérieures » doivent être aussi sots, aussi vulgaires et aussi odieux, ne crois-tu pas ?

— Oui, dans une certaine mesure. Ils le sont d'une manière qui m'est supportable et je sais comment les faire cesser. Avec cette gamine, je n'arrive à rien sans crier.

— Pourquoi tient-elle tant que ça à jouer avec tes enfants ?

— Je n'en sais trop rien. Peut-être parce que tous les enfants plus grands vont à l'école du village et qu'elle n'a pas encore l'âge voulu, alors elle n'a personne d'autre avec qui jouer. Pendant les vacances, la situation change. Tous les petits durs s'alignent le long de la barrière, avec elle au milieu, et ils lancent des pierres aux passants. Qu'est-ce que je peux faire ?… Je ne vois pas.

— Comment s'appelle-t-elle ? demandai-je. Et elle répondit avec émotion :

— Sandra. Elle s'appelle Sandra. Non, je ne vois pas ce que je peux faire.

Moi non plus je ne voyais pas ce qu'elle aurait pu faire. Pourtant, je crois que j'aurais essayé de tenir bon. Et souvent j'ai revu en pensée Sandra, trapue, hurlante ; et je songeais combien il est triste que des rancunes prennent naissance si près du berceau, qu'à peine nés les gens soient ainsi marqués.

Mon bébé devait naître au début de mars. J'aurais voulu accoucher d'abord de ma thèse. Tâche presque sans espoir, puisqu'on ne s'attendait pas que je l'eusse achevée avant Noël ; mais je travaille vite et n'avais guère d'autres distractions. L'hiver s'étirait, le printemps s'annonçait, j'avais de moins en moins envie de sortir, même pour aller au British Museum, et je m'arrangeais pour abattre beaucoup de besogne à la maison. C'était moins agréable, certes, que d'aller à la bibliothèque, mais je pouvais du moins continuer mon travail. Tout se combinait donc pour le mieux. Mon directeur d'études, professeur à Cambridge, avait approuvé le plan, une première ébauche, un premier chapitre, quelques autres indications de ce que serait le produit final, et il s'était montré très encourageant. J'étais pleine de confiance. J'avais tout mis en forme dans ma tête ; je savais plus ou moins exactement ce que j'allais écrire et tous les points que je comptais traiter. Puis, vers la fin de janvier, mon effort commença de se relâcher. Sans vouloir l'admettre, je me sentais parfois trop lasse pour lire. J'avalais de plus en plus de comprimés de fer, mais ils ne semblaient pas avoir grand effet. À la fin, je me dis que je m'étais surmenée, en me concentrant beaucoup trop sur un trop petit nombre de sujets, et qu'il me fallait m'aérer à tous points de vue. C'était toutefois impossible de trouver quelque chose d'amusant à faire : je n'aimais plus marcher, les transports en commun étaient pour moi une épreuve continuelle, je ne pouvais plus rester assise confortablement pendant toute la durée d'un film, et je ne pouvais plus rien manger qui sortît un peu de l'ordinaire sans en subir de pénibles conséquences. Ça me chagrinait. Je comprenais que, dans cet état, les femmes puissent être de gémissantes raseuses. Un soir, j'en parlais avec Lydia. Elle me conseilla toutes sortes d'occupations, telles que tricoter, tisser une carpette, faire de la vannerie, de la tapisserie. Je repoussai avec mépris tous ces ouvrages prétendus utiles. Alors elle me proposa de me lancer dans les puzzles, et c'est ce que je fis.

Je devins une fervente du puzzle et il m'arrivait de passer des heures à en assembler un. C'était apaisant, le temps s'écoulait sans heurt ; et quand je me couchais, je ne rêvais plus ni à George, ni à des bébés hors d'atteinte, enfermés dans un endroit où je ne pouvais leur donner à manger. Je ne rêvais même plus d'accouchement, mais de morceaux de ciel bleu, bordé de petits bouts d'arbre ; ou de petites formes irrégulières, d'un bleu très doux, composant le manteau de la Sainte Vierge. Lydia avait l'habitude irritante d'arriver à la fin de la soirée, quand j'avais terminé la partie la plus difficile de mon puzzle, et d'y insérer les pièces dont la place sautait aux yeux. Elle m'exaspérait. Comme traitement hygiénique, les puzzles furent une réussite. Je découvris que je pouvais alternativement écrire mon livre et assembler un puzzle, sans que ni l'une ni l'autre de ces occupations n'engendrât l'ennui.

Toute femme, je pense, ressent une appréhension à la fin de sa première grossesse. Je ne me rappelle pas si j'ai eu peur, car un des horribles tours que vous joue la nature est de vous faire oublier aussitôt après la naissance toutes les sensations antérieurement éprouvées, de telle sorte que l'on se dirige gaiement vers la naissance suivante. De la même manière, on protège avec le plus grand soin un enfant à naître que l'on ne voulait pas, que l'on eût préféré perdre, ou même, comme dans mon cas, dont on a tenté – si faiblement que ce soit, si maladroitement aussi – de se débarrasser. En janvier, après une soirée, je glissai dans l'escalier en sortant de chez des amis, et je serais tombée en temps normal ; mais, l'état dans lequel j'étais me donna la force de m'agripper à la rampe comme si ma vie eût été en jeu, et je m'en tirai avec une entorse. C'est ainsi que, sans le vouloir, j'ai oublié à quel point j'ai eu peur ; tout cela appartient au passé et a peu d'importance. Je m'inquiétais en partie à cause de mon ignorance car, exprès, je ne m'étais pas documentée à ce sujet, j'avais fui tous les cours et les explications concernant l'accouchement sans douleur, je m'étais refusée à regarder les photos et croquis destinés aux femmes enceintes. J'étais convaincue qu'il me suffirait d'aller à un cours sur l'accouchement sans douleur pour connaître l'accouchement le plus douloureux, le plus difficile de tous les temps. « À quoi bon tenter la Providence ? me disais-je. En tout cas, mieux vaut s'attendre au pire. »

Je me rappelle toutefois avec une certaine précision la soirée qui précéda la naissance. Celle-ci était prévue pour une semaine plus tard, aussi ne me faisais-je pas encore de souci. Vers huit heures et demie, je me préparai deux œufs à la coque, que j'emportai au salon ; je sortis ma machine à écrire, afin de relire la dernière page de ma thèse, que j'avais laissée sur le rouleau. Quand je soulevai le couvercle, ce n'est pas une page sur l'ironie dans les œuvres de Drayton que je vis, mais une page sur quelque chose de tout à fait différent et qui n'était pas de moi. Je coupai le bout de mon œuf et me mis à lire, pensant – et je ne me trompais pas – que la page était de Lydia. Depuis des semaines, elle se plaignait de sa machine à écrire, qui fonctionnait mal. C'était en effet une page du roman que Lydia avait commencé peu après son installation chez moi et auquel elle travaillait par intermittences. Le passage, écrit à la première personne, se rapportait à une jeune fille enceinte d'un enfant illégitime. Quand, non sans inquiétude, j'eus terminé la page, j'abandonnai mes œufs et allai dans la chambre de Lydia chercher d'autres pages. Je les trouvai, jetées en désordre sur le lit. Je les emportai, m'assis sur le divan du salon et me remis à lire.

Je lus le tout d'un bout à l'autre, ou du moins ce qui était déjà écrit. Ce n'était ni plus ni moins que l'histoire de ma vie, avec ça et là quelques changements mineurs, et, parmi ces changements, quelques fausses interprétations. Ainsi Lydia supposait que Joë était le père de l'enfant. Il y avait un portrait intéressant, bien qu'adroitement démarqué, de Joë, et une scène prenante, au cours de laquelle le personnage qui était moi se querellait violemment avec son amant et le quittait pour toujours. Les mobiles de cette querelle étaient à mon avis tirés par les cheveux. L'héroïne avait apparemment appris que le faux Joë couchait encore avec son épouse. Cette découverte l'avait mise dans une fureur telle qu'elle avait rompu avec le personnage et refusé l'aide financière qu'il lui proposait. Elle s'était arrangée pour avoir cet enfant parce qu'elle croyait que son amant viendrait alors vivre avec elle et qu'ils l'élèveraient tous les deux. Interprétation aussi éloignée de la réalité que la théorie qui me concernait. En effet, j'ignorais le sens du mot jalousie ; j'aurais plutôt donné les signes du défaut opposé, s'il existait. Mais l'hypothèse offrait l'avantage de fournir une explication à ma ligne de conduite. Je me divertis à imaginer comment Lydia s'était creusé la cervelle pour deviner les raisons qui m'avaient incitée à avoir cet enfant, et celles qui m'avaient empêchée de m'en débarrasser. Elle ne s'était pas montrée elle-même très habile dans ce domaine, à l'en croire ; mais, quand on manque de sagacité en pareille matière, on ne se dit jamais que les autres sont souvent dans le même cas.

Au début, lisant les premiers chapitres, le portrait qui était fait de moi ne me paraissait pas déplaisant. Indépendante, volontaire, très *au fait*[1] des problèmes sexuels : une fille attirante, me disais-je. Puis, au fur et à mesure que les chapitres s'égrenaient, des doutes me venaient sur ce point. Comme moi, l'héroïne se livrait à des recherches littéraires, activité que Lydia semblait considérer avec un profond mépris. Elle me prêtait un choix particulièrement insipide et abstrus comme sujet de thèse : rien de moins que cet Henryson, à la fâcheuse réputation ! J'avais parlé de mon Indien à Lydia et nous en avions beaucoup ri. J'aurais eu

1. En français dans le texte (NDT).

cependant mauvaise grâce à manifester une trop vive indignation, puisque j'avais toujours estimé que, Shakespeare mis à part, les poètes élisabéthains constituent en quelque sorte un sujet de luxe, à l'inverse des romanciers du XIXe siècle, ou des poètes si féconds de l'époque de la reine Anne. En revanche, j'avais peu de goût pour la manière (subtile, je n'en disconviens pas) dont la romancière laissait entendre que la véritable obsession de son héroïne pour les études et recherches littéraires n'était qu'une tentative d'évasion, pour échapper à toute vie personnelle et, en général, aux réalités de l'existence. Lydia dessinait une image très persuasive de la tour d'ivoire universitaire ; chaque fois qu'une mésaventure arrivait à son héroïne – comme cela ne se produisait que trop fréquemment au cours des dix chapitres déjà écrits –, la malheureuse se réfugiait dans son lit, ou au British Museum, avec une pile de livres, comme d'autres se consoleraient avec une bouteille de gin. Il y avait aussi une longue discussion à ce sujet entre la jeune fille et une de ses amies, qui représentait la vitalité, le modernisme, la droiture, etc. – ma malice n'alla pas jusqu'à voir en cette amie un autoportrait de Lydia, ce qu'elle n'était manifestement pas, puisque la jeune fille en question ne ressemblait à aucune personne de ma connaissance. Elle accusait l'héroïne d'avoir un esprit aussi compliqué qu'un puzzle – allusion déplaisante, étant donné les circonstances ; pour sa part, l'amie menait une vie débordante d'activités utiles, comme de servir dans un bar de théâtre, de travailler pour une revue, d'avoir une aventure avec un metteur en scène de la télévision.

À tout prendre, ayant achevé cette lecture, j'éprouvai un vif agacement. Le point de vue sur l'érudition n'était pas juste, à mon sens ; je ne parvenais pas à expliquer pourquoi, mais, à mes yeux, rien n'était plus réel que cette disposition, qui n'est pas à la portée de tout le monde ; et j'y réussissais incontestablement, justification suffisante. Peu importait que je m'en fusse servie ou non comme moyen d'évasion : la question n'était pas là. C'était une tâche, et je l'accomplissais : *il faut cultiver son jardin*[1]. En dehors de l'agacement que me causait cette attaque contre ma vie privée, j'étais fâchée de penser que Lydia avait vécu pour rien chez moi, et que pendant tous ces mois elle avait écrit ces pages sans m'en rien dire. Un jour elle s'était comparée à une araignée, animal qui tire sa substance de ses propres entrailles ; mais cette fois l'araignée avait joué les parasites : c'était de moi qu'elle avait tiré sa substance.

Après avoir relu certains passages, je remis le tout sur le lit, y ajoutant la page trouvée sur ma

1. En français dans le texte (NDT).

machine à écrire. Je n'avais pas l'intention d'en parler à Lydia, mais il se pouvait qu'elle se rappelât où elle avait laissé sa dernière page et qu'elle en tirât des conclusions. Ensuite je revins au salon, m'assis près du feu et mis la radio en marche, juste à temps pour entendre George annoncer le prochain concert du dimanche. Il était singulier que je fusse tombée sur Clare au Selfridge, alors que, depuis huit mois, je n'avais même pas entrevu George. Quand il se tut, je fermai la radio, parce que ma pensée ne cessait de se tourner vers Lydia, mais avec une colère décroissante. Après tout, elle s'était rendue utile ces derniers temps : c'est elle qui se chargeait des achats trop pesants et, par l'intermédiaire d'une de ses amies, elle avait retenu une femme qui acceptait de venir garder le bébé deux jours par semaine dès que je pourrais sortir. Dernièrement j'en étais même arrivée à me croire une dette de reconnaissance envers Lydia, malgré le logement gratuit dont elle bénéficiait ; et voilà qu'enfin ces pages dactylographiées prouvaient que je restais celle qui donnait et elle celle qui recevait ! Plus que jamais j'occupais à son endroit une position favorable ; je l'avais largement dédommagée de ses peines. Je ne lui tenais pas rigueur de ce changement : bien au contraire. Sous cet angle, nos relations me paraissaient plus enrichissantes, je me sentais plus heureuse, parce que je me rendais compte que nous avions tiré un profit mutuel de notre association. Parvenue à cette conclusion, je décidai de me coucher. Au premier mouvement que je fis, je constatai que je souffrais des reins.

En même temps, je me rendis compte que cette douleur me tenaillait depuis un bon moment, sans que j'y eusse prêté attention. J'en compris le sens, et il me vint une panique. Ce n'était pas l'heure de déranger hôpital ni ambulance ! Onze heures et quart, heure à laquelle tous les bons citoyens sont plongés dans le sommeil ! Cependant, plus j'attendrais, plus l'heure serait tardive, et plus irritables les infirmières, les sages-femmes et les ambulanciers qui s'occuperaient de moi. J'allai dans ma chambre et pris la brochure d'instructions pour déterminer le moment où il fallait prévenir l'hôpital, d'après la fréquence des contractions : c'était lorsqu'elles deviendraient régulières, espacées d'un quart d'heure. À ma vive inquiétude, je constatai qu'elles étaient tout à fait régulières et espacées seulement de trois minutes ! À onze heures et demie, je téléphonai à l'hôpital. On me dit de prendre une aspirine ou deux et d'appeler l'ambulance. Ce que je fis. Puis je sortis la valise préparée en vue de la circonstance, enfilai mon manteau et attendis. En moins de dix minutes, les ambulanciers furent là, juste au moment où Lydia revenait d'une soirée assez gaie. Comprenant ce qui se passait, elle se jeta à mon cou, m'embrassa plusieurs fois et m'accompagna en bas avec l'ascenseur, en me racontant sa soirée. Elle avait rencontré Joë Hurt et ils avaient parlé de moi. Il venait de finir un nouveau roman, et elle me dit combien il m'aimait, et combien il se faisait du souci pour moi. Après tout, elle l'aimait bien, elle aussi, et elle le préviendrait aussitôt que l'enfant serait né, quel qu'en fût le sexe. Les ambulanciers et moi nous avions écouté cette histoire dans un pesant silence, mais j'étais heureuse qu'elle fût là, parce que cela me dispensait de dire à ces deux hommes muets des choses telles que : « Belle nuit, n'est-ce pas ? » ou : « Désolée de vous avoir dérangés à pareille heure. » Lydia paraissait un peu folle, avec ses cheveux qui retombaient, ses joues maculées de rouge à lèvres ; elle portait aussi une bizarre robe longue de dentelle verte sur laquelle elle avait passé son vieil imperméable gris, car elle ne possédait pas de manteau. L'intérêt qu'elle manifestait pour Joë me parut très significatif et je fus heureuse d'être en mesure, grâce à ce nouvel indice, d'interpréter certaines de ses attitudes.

Au pied de l'escalier un des hommes se tourna vers elle et demanda :

— Désirez-vous accompagner votre amie, mademoiselle ?

Elle l'avait séduit, ça se voyait, et une lueur flamba dans les yeux de Lydia à la perspective d'une excursion aussi peu banale. Mais je répondis avec fermeté que je préférais être seule, que c'était à quelques centaines de mètres de là, que je ne voulais pas la déranger le moins du monde et qu'elle avait surtout besoin de dormir. L'idée que les détails de l'opération pussent satisfaire sa curiosité professionnelle ne me plaisait pas du tout ; si elle voulait vraiment savoir comment ça se passait, qu'elle ait donc un enfant elle-même ! Elle resta sur le trottoir, agitant les bras, me criant bonne chance, tandis que l'ambulance s'éloignait. Elle offrait une vision comique et charmante, dans son accoutrement singulier.

En route vers l'hôpital, je songeais combien il est déprimant de se voir tout à coup tel que les autres vous voient ; c'est comme de jeter un regard à un profil inattendu, dans un jeu de glaces. Je crois me connaître mieux que quiconque, et je le crois même lorsque je suis de sang-froid, parce que c'est mon vice de trop me connaître ; et pourtant on ne peut deviner la façon dont autrui vous considère. Une fois, à une soirée, j'avais rencontré un ancien camarade de collège (que je n'ai plus jamais revu). Chacun de nous savait que l'autre serait là, et je le reconnus tout de suite ; mais, après que nous eûmes bavardé quelque temps, il m'avoua qu'en me cherchant il avait pris une autre fille pour moi. Je lui demandai laquelle et il me montra dans la foule une grande créature maigre aux cheveux trop nets, au visage craintif et fermé. Cette erreur me fut fort désagréable, car cette fille était tout l'opposé de moi, elle n'avait aucun de mes traits, bons ou mauvais. Pourtant, nous avions la même taille, la même nuance de cheveux ; et en y repensant, je voyais bien qu'à seize ans il y avait de part et d'autre assez d'éléments pour qu'on nous confondît et pour que, six ans plus tard, Rosamond Stacey, ce fût elle et non moi.

À l'hôpital, je me suis dit avec soulagement que ce serait ma dernière visite et qu'au moins j'en avais fini avec le dispensaire et avec sa routine fastidieuse. Dans le couloir, un des ambulanciers m'arrêta et m'enjoignit de prendre place dans un fauteuil roulant. Je protestai :

— Pourquoi ?... Je peux marcher.

— C'est interdit.

— Mais enfin – insistai-je, non parce que je répugnais à monter dans un fauteuil roulant, mais parce que je n'en voyais pas la raison – j'ai bien marché chez moi !

— Oui, mais ici vous n'en avez pas le droit. Vous êtes sous notre responsabilité et nous ne pouvons pas vous permettre de marcher. C'est nous qui aurions des ennuis.

Je m'assis donc, sous la menace de lui faire perdre son emploi si je n'obtempérais pas, et ils me roulèrent le long de corridors interminables, jusque dans une vaste pièce où on me dit de me lever et d'aller signer une feuille. Là, j'avais le droit de marcher. Je m'attendais à voir quelques visages familiers, tels que celui de la mince petite infirmière du Yorkshire, de la grosse infirmière irlandaise ou de l'élégante sage-femme rousse. Je n'avais pas conçu l'espoir grandiose de voir médecins ou gynécologues – fort heureusement, car j'aurais été déçue. Mais je ne vis pas un seul visage connu ; une armée nouvelle semblait avoir investi la place, armée qui apparemment ne sortait que la nuit. C'était dommage : les autres visages, à force de les voir, je m'y étais un peu attachée. Je signai sur un registre.

— Vous êtes la seule entrée ce soir, dit l'infirmière de garde. *Nous avions* une nuit calme.

Je souris faiblement. Avait-elle exprimé l'ennui d'être dérangée ou la satisfaction d'avoir enfin à s'occuper ?

On m'emmena dans une autre pièce, on emporta tous mes vêtements, on me passa une robe de chambre d'hôpital et on me demanda quelle était la fréquence de mes contractions. Je le leur dis, à quoi elles répondirent que c'était impossible. Mais, après examen, elles durent s'incliner devant l'évidence. Puis elles firent diverses choses déplaisantes et obligatoires ; et quand je demandai mon livre et qu'elles l'eurent trouvé, elles me laissèrent, en me disant de sonner si j'avais besoin de quoi que ce fût. Je restai allongée sur le haut lit dur, m'efforçant de lire. Puis je sonnai : ne pouvait-on pas faire quelque chose ? – Pas encore… Je me retrouvai seule. Dix minutes s'écoulèrent encore ; une nouvelle infirmière entra et me dit de m'en aller : on avait besoin de mon lit. Je la regardai et demandai comment je devais m'en aller : « N'êtes-vous pas capable de marcher ? » s'écria-t-elle. Je répondis : « C'est bon, je me lève », descendis avec peine de ce haut lit de fer, puis la suivis le long d'un corridor et dans une autre chambre, où elle m'aida à me hisser sur un haut lit identique au premier. De nouveau, je demandai si on ne pouvait pas faire quelque chose : « Oh ! oui, bien entendu, il est temps que vous ayez une péthidine. Je vais chercher quelqu'un qui vous fera la piqûre. »

Un quart d'heure plus tard, cinq infirmières vinrent m'administrer une péthidine, puis s'assirent dans le corridor et se mirent à parler de leurs amoureux. Je les écoutais, cherchant à oublier des sensations qui ne me semblaient guère tolérables. Au bout d'un moment la drogue commença d'agir ; la douleur ne diminua pas, mais ma résistance à cette douleur disparut ; toutes les deux minutes, régulièrement, elle revenait, m'envahissait comme si j'eusse été une autre personne et comme si moi-même, ou du moins ce qui restait de moi, eût surveillé de très loin ce flux et ce reflux. Ce n'était plus une souffrance personnelle, et c'est ce qui la rendait supportable. Je gisais immobile et la laissais venir, et les voix des cinq infirmières me parvenaient, claires et pures ; une étrange lumière pâle et chaude enveloppait leur dialogue. L'une d'elles parlait aux autres d'un personnage appelé Frank, contre lequel celles-ci l'avaient apparemment mise en garde depuis quelque temps, car, lorsqu'elle décrivit la façon dont il lui avait fait du genou au cinéma, les autres manifestèrent une indignation admirative, et comme préparée :

— Tu vois ! Je t'avais prévenue ! Je t'avais prévenue de ce qu'il mijotait. Tu aurais dû entendre ce qu'Elaine a dit de lui après le bal de Noël !

— Elaine l'avait bien cherché. Elle leur court après, dit une autre voix.

Elles gloussèrent toutes de rire et continuèrent à se raconter des anecdotes à n'en plus finir sur leur vie amoureuse, manifestement médiocre. Ensuite ce fut une discussion professionnelle. Elles s'informèrent d'abord du nombre d'enfants nés la nuit précédente et de ce qui était arrivé au petit prématuré, celui qui n'allait pas fort ; mais, au bout d'un moment, la conversation prit un tour vraiment pénible pour moi. Elles évoquèrent le cas de plusieurs femmes qui avaient souffert les douleurs de l'enfantement pendant une durée de temps incroyable, celui d'une femme qui avait hurlé sans arrêt pendant trois heures, celui d'une Noire qui avait labouré de ses ongles le visage d'une infirmière qui tentait de lui administrer un lavement, d'une Blanche qui avait insulté une infirmière noire et lui avait intimé l'ordre de quitter la salle : « Elle n'allait pas lui laisser porter les mains sur son joli petit bébé tout neuf et tout propre ! » L'une d'elles déclara en passant :

— Je serais rudement contente de changer de service. Je n'ai rien contre les nouveau-nés, mais les mères vous mettent les nerfs en boule.

Puis une autre entreprit de raconter avec force détails l'histoire d'une femme qui était morte en couches un mois plus tôt, parce qu'ils s'étaient aperçus trop tard que ceci et cela n'avait pas été convenablement traité. « C'était horrible, disait l'infirmière, de les entendre lui répéter que tout allait bien. Et je les voyais, moi, s'assombrir de plus en plus. Vous savez, cette tête qu'ils font quand quelque chose de vraiment grave se prépare ! » À ces mots, je fus incapable d'en supporter davantage, et je m'entendis hurler, d'une voix qui venait de très loin.

— Pour l'amour de Dieu, taisez-vous !

Je ne pense pas qu'elles comprissent le sens de mes paroles, malgré la violence inaccoutumée de ma voix. Mais deux d'entre elles accoururent :

— Que se passe-t-il ? Avez-vous appelé ? Comment vous sentez-vous ?

— La piqûre a fini son effet, cela va de mal en pis. Pourriez-vous me donner autre chose, vite ?

— Oh ! non, pas encore ! Ce n'est pas pour maintenant, il faut que nous gardions quelque chose à vous donner plus tard. Mais ne vous inquiétez pas, le travail avance normalement.

Sur quoi, elles firent demi-tour et regagnèrent leur banc à l'extérieur. Elles reprenaient tout juste leur conversation, à voix plus basse, lorsque je m'entendis gémir sourdement. Elles accoururent. Et, en moins de cinq minutes, mon enfant était né.

Jusqu'à la toute dernière seconde, au milieu de sensations qui, bien que d'une violence incroyable, n'étaient plus douloureuses mais plutôt prometteuses de bonheur, j'ai entendu ces créatures discuter entre elles ; l'une avait été chercher la sage-femme, une autre le masque à oxygène, une autre demandait à ses compagnes pourquoi elles n'avaient pas cru ce que je disais ; une autre enfin, tout en délivrant le bébé, avait pris sur elle la tâche de calmer, d'apaiser mes nerfs à vif.

— Ça va bien, répétait-elle, c'est parfait ! Vous vous en tirez à merveille. Oh, ne poussez pas.

Il y avait, sous cette voix apaisante, plus de panique qu'en moi ; je me sentais bien, maintenant, tout à fait bien. L'enfant vint au monde à toute vitesse, sans presque aucune assistance. Après, elles m'ont raconté qu'elles l'avaient simplement attrapé. Je l'ai senti tomber hors de moi, je me suis assise aussitôt et j'ai ouvert les yeux. Elles ont dit : « C'est une fille. Une jolie petite fille. » Elles m'ont obligée à m'étendre. J'ai demandé si le bébé était tout à fait normal ; je m'attendais soudain à je ne sais quoi, qu'il lui manquât un bras, des doigts, que sais-je ? Heureuse que ce fût terminé, j'entendis le cri, un cri étrange, profond, presque un sanglot. Sur ces entrefaites la sage-femme arriva, tout amidon et tous sourires. Elle s'excusa de n'avoir pas été là :

— C'est vraiment le cas de dire que trop de cuisinières gâtent la sauce. De toute façon, vous vous êtes très bien débrouillée sans moi, n'est-ce pas ?

Les infirmières s'étaient, elles aussi, soudain humanisées. Elles tournaient autour de moi, aidaient la sage-femme à me laver, à m'arranger, me disant que j'avais accouché à une vitesse incroyable, que j'aurais dû insister davantage auprès d'elles, qu'il n'était que deux heures et demie, et comment allais-je appeler la petite ? En hâte, la sage-femme fit taire la questionneuse, parce qu'elle pensait sans doute que cette enfant ne serait pas longtemps mienne. Mais cela ne me troubla pas. Je me sentais étonnamment bien, réaction normale, je crois, dans de semblables circonstances ; si bien, même, que j'aurais pu me lever et partir. Au bout de dix minutes, quand on m'eut passé la chemise de nuit, ornée de broderies mexicaines, que Béatrice m'avait envoyée pour la circonstance et qui arracha des cris d'admiration aux infirmières, la sage-femme me demanda si je désirais voir l'enfant. Ce que j'acceptai, avec reconnaissance.

Elle sortit et revint avec ma fille, enveloppée dans une petite couverture tachée de sang et portant à la cheville gauche une bande sur laquelle on lisait : « Stacey ». Elle me la mit dans les bras ; je la regardai et ses grands yeux bleus me regardèrent comme si elle m'avait reconnue. À quoi bon essayer de décrire ce que je ressentis ? Cela doit s'appeler de l'amour, et c'était le premier de ma vie.

Je m'étais attendue à si peu ! À vrai dire, je n'attends jamais grand-chose. On m'avait souvent décrit la laideur des nouveau-nés, leur visage rouge et fripé, leurs membres émaciés, leurs joues poilues, leurs cris perçants. Tout ce que je peux dire, c'est que la mienne était belle. Et j'ajouterai que d'autres que moi dirent aussi que cette enfant était belle. Ni rouge, ni ridée, mais d'une pâleur très douce ; chacun des traits reposant à la bonne place ; non pas chauve, mais joliment coiffée d'un flot de cheveux noirs. Une infirmière alla chercher une brosse et les lui aplatit ; ils couvrirent son front, formant une frange épaisse qui descendait jusqu'aux yeux. Et ces yeux, qui semblaient me voir et qui plongeaient dans les miens avec une gravité douce et profonde, étaient d'un bleu intense ; le blanc avait la blancheur lumineuse d'une santé inquiétante. Il fallut rendre le bébé, que les infirmières voulaient installer dans son berceau pour la nuit. Je le rendis sans regret, le bonheur de le tenir dans mes bras était trop fort. Comme elles, je sentais qu'un tel plaisir devait être mesuré, soumis à des règles.

Quand elles me l'eurent enlevée, elles me roulèrent dans une salle, me couchèrent et me donnèrent des comprimés, en m'assurant que j'allais m'endormir aussitôt jusqu'au matin. Mais je ne m'endormis pas, je restai éveillée plus de deux heures, incapable de surmonter mon bonheur. Je n'étais guère habituée à être heureuse. J'avais connu la satisfaction, le triomphe, parfois l'excitation ou l'exultation. Mais le bonheur, ça faisait un temps infini que je ne l'avais pas éprouvé ; et c'était très agréable ; trop agréable pour le gaspiller en sommeil. Je m'assoupis vers quatre heures et demie pour être réveillée une heure plus tard par des tasses de thé, avec le spectacle de toutes les autres mères qui donnaient à leurs enfants le petit déjeuner du matin.

J'ai essayé l'autre jour d'expliquer à quelqu'un – ni plus ni moins que Joë Hurt en personne – quel bonheur j'avais ressenti. Ma description n'a suscité que son dédain.

— Voyons ! C'est une des mésaventures féminines les plus ennuyeuses et les plus vulgaires. Toutes les femmes ressentent la même chose. Il n'y a pas de quoi s'enorgueillir. Ça ne vaut même pas qu'on y fasse attention.

Je niai farouchement. Non, toutes les femmes ne ressentaient pas cela ! Je n'en connaissais pas une qui eût été transportée de bonheur comme moi. Puis je me contredis aussitôt en disant que si toutes les autres femmes éprouvaient la même chose, c'est précisément ce qui rendait mon cas exceptionnel, car il n'y avait pas dans ma vie une seule autre circonstance où j'eusse ressenti ce que toutes les autres femmes ressentaient.

Mais à quoi bon discuter ? Ça n'intéresse pas plus Joë que ne m'intéressent ses interminables descriptions des extases sexuelles de ses héros, bien que, parfois, ces précisions m'étonnent.

Somme toute, mon séjour à l'hôpital fut des plus agréables. Soutenue par la beauté et par l'intelligence supérieures de ma fille (son intelligence se manifestant par le fait qu'elle se mit à téter au premier essai, et non après des heures d'une lutte humiliante), je supportai maints détails irritants, comme la pancarte accrochée au pied de mon lit, avec l'initiale C, qui signifiait, me dit-on,

« célibataire », ou comme un défilé d'étudiants en médecine, qui prenaient ma température, mesuraient les diverses parties de mon corps avec de glaciales règles de bois et se livraient à de minables plaisanteries. Grâce à Lydia, qui s'était certainement employée de son mieux à diffuser la nouvelle, dès le premier matin je reçus des douzaines de bouquets et de télégrammes, venant de toutes les personnes que je connaissais, ou plutôt de toutes celles que Lydia savait que je connaissais. C'était la bonne époque pour les fleurs : tulipes, narcisses, roses, azalées et Dieu sait quoi encore, entourèrent bientôt mon lit. Je finis par en être gênée, en songeant qu'une telle surabondance risquait d'importuner l'infirmière, qui devait sans cesse m'en apporter, ou d'attrister les autres mères moins favorisées.

Le soir, à l'heure des visites, Lydia fit son apparition, accompagnée de Joë. Manifestement, elle était très fière d'avoir réussi à l'amener. Son visage rayonnait de satisfactions multiples, tandis qu'elle s'asseyait au pied de mon lit et se mettait à feuilleter les télégrammes de félicitations dont elle avait inspiré l'envoi. Mes visiteurs formaient un couple bizarre et curieux, qui détonnait magnifiquement dans le cadre de l'hôpital : elle, en jupe et chandail noirs, chaussettes et souliers vernis noirs, et l'éternel imperméable sale ; lui, en costume insolite, sans col, les traits encore plus irréguliers et plus volcaniques que de coutume. Joë apparaissait depuis peu sur le petit écran, dans un programme pour cerveaux sur-développés, où il parlait de la culture. Quelques mères le reconnurent, à sa vive satisfaction, et, je dois le confesser, à la mienne, car je sentis que mes actions allaient monter. Mes amis m'avaient apporté un tas de livres, et une demi-bouteille de whisky, enveloppée dans un sous-vêtement propre. J'hésitai à l'accepter : serait-ce bon pour la petite ? Mais ils me dirent de ne pas faire la sotte : l'alcool était excellent pour tout l'organisme et n'importe quel médecin me le confirmerait.

J'étais très contente de revoir Joë. Au cours des derniers mois, nous nous étions certes souvent rencontrés, mais toujours par hasard, rien qui approchât de notre ancienne régularité. Pour vous remonter le moral, il n'avait pas son pareil. S'intéressant à l'organisation de la salle, il me posa une quantité de questions sur les infirmières et sur les autres mères. Il me demanda quels étaient nos sujets de conversation. Et le « C », sur la pancarte au pied de mon lit, le fit rire aux éclats, Comme si ç'avait été la chose la plus drôle du monde. Il allumait cigarette sur cigarette ; et chaque fois une jolie petite infirmière blonde de Kensington, réservée spécialement à la parade pendant les heures de visite, se précipitait pour lui dire que c'était interdit, que s'il voulait fumer il n'avait qu'à sortir dans le couloir. Il ne jeta même pas un coup d'œil au bébé, qui reposait auprès de mon lit, dans un petit berceau monté sur roulettes. L'hypothèse de Lydia, concernant sa paternité, dut en être fortement ébranlée ; car aucun père ne résisterait à l'envie de regarder, ne fût-ce qu'un instant, son enfant nouveau-né. Au bout d'une dizaine de minutes, quand je leur eus donné sur ma réclusion autant de détails qu'ils pouvaient en supporter, ils se mirent à chercher un nom pour l'enfant. J'y avais moi-même peu pensé, parce que je n'aime pas à anticiper sur les événements, et maintenant aucun nom ne me semblait assez beau pour elle. Ils m'en proposèrent à l'infini, depuis les plus incolores jusqu'aux plus fantaisistes. Joë se déclara finalement en faveur de January, tandis que les préférences de Lydia allaient à Charlotte, nom que je trouvais assez joli, mais désuet et prétentieux. Après un long débat, ils me demandèrent mon avis. Je dis que j'aimais assez Sandra. Ils éclatèrent d'un rire bruyant, une fois de plus ; et toutes les autres mères, tous les autres pères, qui parlaient à voix basse, se turent et nous regardèrent, heureux d'avoir une distraction. Nous étions aussi bons que la télé.

À la fin, je décidai d'appeler ma fille Octavia. Je lançai ce prénom comme une plaisanterie, après avoir longuement cherché celui de quelque femme célèbre. Le souvenir d'Octavia Hill me vint à l'esprit, et je m'écriai : « Je vais l'appeler Octavia. » Joë et Lydia parurent approuver mon choix, ce qui ne les empêcha pas d'observer que ce n'était pas mon huitième enfant et que je ferais mieux de l'appeler Prima, bien que ce ne fût pas aussi joli.

— Pourquoi, dis-je, ne pas l'appeler Ultima, cette pauvre petite ?

— Bah ! fit Joë, si j'étais toi, j'en aurais d'autres. Ça semble te convenir. Tu as l'air en pleine forme.

— Je me sens bien. Mais crois-tu que ça vaille la peine de recommencer rien que pour se sentir bien ?

— Encore un ! fit Joë. Tu as droit à deux, tu sais.

— Que veux-tu dire, droit à deux ?… Par qui ?… Autorisé par qui ?

— Par les autorités. La BBC vous en permet deux ; au-delà, elle vous sacque. L'administration publique aussi. Le nombre permis est deux.

— Illégitimes, veux-tu dire.

— Bien entendu. Des autres, tu peux en avoir autant que ça te chante, à condition que ton efficacité n'en souffre pas.

— Pourquoi diable deux ? On ne conçoit pas très bien la raison. Si on vous en permet plus d'un, pourquoi pas un nombre illimité ? Après tout, est-ce vrai ? N'est-ce pas un simple bobard, inventé à ton usage par Dieu sait quelle fille ?

— Selon le *Times*, une femme est morte, la semaine dernière en mettant au monde son vingt-cinquième enfant. L'histoire se passait en France.

— Chut ! fis-je, en promenant un regard sur mes compagnes de salle. Il y en a peut-être ici qui en sont à leur vingt-quatrième.

— Quand tes parents reviennent-ils ? demanda Joë. Leur as-tu annoncé qu'ils trouveraient chez eux une petite fille ?

— Leur retour n'est pas prévu avant Noël.

— Voilà qui arrange les choses. C'est à croire que tu as tout combiné d'avance.

— Peut-être. Je suis une de ces femmes qui, selon Bernard Shaw, veulent des enfants, mais pas de mari. Ça me va, à moi !

— On le dirait, répondit gentiment Joë. Je te répète que tu as une mine excellente ! Quand tu te lèveras, Lydia gardera la petite et je t'emmènerai au cinéma.

Mais, à la façon dont il regardait Lydia, je compris que ce serait elle qui, durant les prochains mois, aurait ce privilège. « Ils vont vraiment bien ensemble, me dis-je. Tous deux en équilibre instable sur l'ambition sociale, la rivalité, le désir d'être au goût du jour et le mépris. » Oui, ils étaient bien appareillés !

Quand ils furent partis, ma voisine de lit se pencha vers moi et m'interrogea :

— Ce jeune homme n'est-il pas présentateur à la télévision ?

Je répondis que ce n'était pas un présentateur, mais qu'il avait parfois une émission.

— Il me semblait bien l'avoir vu. Oui, il me semblait bien l'avoir vu. Merci, c'est tout ce que je voulais savoir.

Cette femme au visage vide, prématurément vieillie à trente ans, venait d'avoir son quatrième, et passait la majeure partie de son temps à tricoter pour sa mère des chandails informes, aux points compliqués, ou à parler à son autre voisine de ses trois aînés, de ce qu'ils mangeaient et de ce qu'ils refusaient de manger. Qu'avait-elle bien pu penser de l'émission de Joë ? La seule fois où je l'avais vue, il parlait avec passion de la place prépondérante prise par les drogues dans la littérature moderne, en s'adressant à un drogué anonyme, dont on ne voyait que la nuque. Les autres émissions avaient été encore moins intéressantes que celle-là, portant sur des sujets tels que l'avenir de l'art abstrait ou la part faite au *happening* dans le théâtre parisien d'avant-garde, questions auxquelles il ne connaissait rien.

La voisine de la femme qui avait reconnu Joë n'écoutait pas les confidences de cette dernière. Peu lui importait que tel enfant eût un faible pour les harengs fumés et que tel autre aimât mieux du fromage sur un morceau de pain grillé : elle exposait à son autre voisine de lit la meilleure manière de faire la lessive d'une famille nombreuse.

Dans la salle, j'étais la plus jeune, après une joyeuse gamine, à peine sortie de l'adolescence ; toutes les autres avaient trente ans ou plus. Seules la gamine et moi en étions à notre premier. Elle avait tellement l'air d'être une mère-célibataire que, dès que je pus me lever, je trouvai un prétexte pour passer devant son lit. Mais sur la pancarte je vis un M, non un C. Vraiment gaie, la seule personne, en dehors de moi, à sourire et même à rire de bon cœur, elle passait le plus clair de son temps à se regarder dans une petite glace à main, à retrousser ses cils, à se pincer d'invisibles points noirs, à se mettre du rouge à lèvres, à l'enlever, à essayer une nouvelle couleur, à se vernir les ongles, à se placer des rouleaux dans les cheveux, pour être jolie à l'heure des visites. J'eus envie de voir le mari. C'était un adolescent au visage anguleux, qui paraissait au plus seize ans. La petite et moi, nous échangions des regards où brillait une curiosité mutuelle, car seules dans la salle nous pouvions prétendre à un certain charme physique. Nos lits étaient trop éloignés l'un de l'autre pour qu'il nous fût possible de causer, mais nous nous rencontrâmes une fois aux douches, où elle était allée fumer en cachette une cigarette. Elle m'en offrit une, que je refusai en disant que je n'avais plus du tout envie de fumer. Elle se mit à rire en disant que c'était drôle comme on arrivait à se passer des choses. Elle avait cessé de boire, et ça leur avait fait faire des économies considérables. Nous rentrâmes ensemble et, avant de nous recoucher, nous admirâmes nos bébés respectifs. Elle me dit que ma fille était ravissante, mais je lus sur son visage qu'elle ne voyait qu'une drôle de petite créature maigriote ; je l'assurai que son bébé était splendide, et pourtant je le trouvais gras et chauve, beaucoup plus fruste, dans un certain sens, que ses deux parents au visage étroit. Ce que nous voulions nous faire comprendre, ce n'était pas que chacune aimait le bébé de l'autre, mais que nous étions contentes que cette autre fût là, comme une alliée contre ces femmes plus vieilles et plus soufflées, que submergeait le souci quotidien.

Après l'accouchement, les muscles de mon ventre se rétractèrent sans laisser de traces, tandis que la plupart des autres mères gardaient à peu de chose près leur embonpoint. Je reste hantée par leur démarche pesante. Fagotées dans des robes de chambre informes, elles traînaient la savate, en avançant avec précaution, pour ne pas éveiller la douleur encore tapie au creux de leurs cuisses.

Le sixième jour, le gynécologue se présenta avec son cortège d'étudiants. Ils me palpèrent, me questionnèrent. Tout cela me vexa, car je recommençais à être moi-même. Mon humeur s'assombrit jusqu'au moment où le gynécologue leur dit :

— Remarquez l'élasticité des muscles. C'est cette patiente qui, selon Hargreaves, devait avoir un enfant exceptionnellement petit. Vous voyez comme il s'est trompé : l'enfant pesait huit livres. Il était maintenu par l'étonnante fermeté des muscles.

Puis, se tournant vers moi en souriant :

— Seriez-vous par hasard danseuse professionnelle ?

La question me prit tellement au dépourvu que je crus d'abord qu'elle ne s'adressait pas à moi. Puis je m'écriai :

— Seigneur, non ! Rien de semblable !

— Vous ne vous consacrez pas à l'athlétisme, par hasard ?

— Non, non, pas du tout, pas du tout.

— Alors c'est que vous êtes bâtie comme ça.

Il sourit et s'éloigna. Je rayonnai de fierté pendant une bonne demi-heure, comme si on avait épinglé à mon revers une médaille de bonne conduite.

Lydia me rendit visite chaque soir, parfois seule, parfois accompagnée d'un ami ou d'une amie qu'elle avait réussi à persuader qu'une visite à l'hôpital serait une agréable façon de passer la soirée. Autour de mon lit régnait une animation plus vive que dans le reste de la salle. On aurait cru que je donnais une réception, et j'éprouvais une gratitude sans borne envers Lydia. Le neuvième et dernier soir, cependant, elle ne put venir. Elle téléphona au cours de l'après-midi et me fit transmettre le message. Je crus que cela me serait égal ; mais, quand l'heure des visites sonna et que les maris entrèrent sans bruit, je tirai mon rideau, enfouis ma tête dans l'oreiller et pleurai. Tout en pleurant, je ne cessais de me répéter que ce n'était rien qu'une réaction normale – belle excuse pour toutes les souffrances, qui n'en sont pas moins pénibles pour autant. J'eus envie de tirer Octavia de son petit berceau blanc et de la serrer contre moi ; elle m'aurait consolée ; mais ce n'était pas l'heure de la tétée et je n'osai pas. On m'avait habituée à la lui donner à boire qu'à des intervalles réguliers ; et bien que cette méthode fût, je le savais, démodée, je ne me hasardai pas à enfreindre la consigne. Et puis la petite dormait. Pourquoi la réveiller sous prétexte que j'avais besoin de réconfort ? J'enfouis donc ma tête dans l'oreiller comme un enfant anxieux de ne pas déranger ses parents, et je pleurai tout mon saoul.

L'autorité, la guerre, le collège. J'avais été élevée à croire qu'endurer les privations est une vertu ; et le résultat est que je le crois encore aujourd'hui.

Chose assez surprenante, mon séjour à l'hôpital reste une des échappées heureuses de ma vie, un des moments où je me suis sentie le plus en communion avec mes semblables. Le dernier soir excepté, je ne me suis pas sentie abandonnée, je n'ai pas eu non plus, peut-être à cause de la joie que m'apportait mon enfant, le sentiment d'être un objet de pitié et de compassion. J'ai toujours rêvé de tenir un salon, de dispenser, nonchalamment étendue sur un canapé, le charme de ma conversation à un cercle intime et choisi, mais je n'avais jamais cherché à en faire un mode de vie, étant, je suppose, une solitaire, une solitaire grégaire. Pendant ces dix jours, entourée de fleurs, recevant un abondant courrier et de nombreuses visites, je me suis sentie plus près que jamais d'appartenir à un cercle d'amis. Ma manière d'être, mes relations prenaient une dimension nouvelle, plus précise, plus définie ; elles m'apparaissaient plus réelles, par contraste avec celles des autres femmes, mes compagnes de salle ; et je ne pouvais m'empêcher de me dire que les craintes de Béatrice, concernant la future position sociale de mon enfant, étaient ridicules. Toutes les personnes qu'il m'arriverait de connaître accepteraient cette situation sans un battement de cil. Sans doute, si je n'avais pas été la femme que je suis, si je n'avais pas été élevée comme je l'ai été, jamais je n'aurais osé garder mon enfant. Je m'étais dit que je m'en tirerais parce que les ambulanciers viendraient me chercher à une adresse bourgeoise, non dans quelque chambre de bonne de Tottenham, ou dans un sous-sol du sinistre Paddington, aux murs suintant l'humidité. En un certain sens, j'avais tablé sur les faiblesses d'une société dont je m'étais toujours défiée ; en prétendant me placer au-dessus de ses conventions, j'utilisais ses anomalies à mon bénéfice. À une fille tant soit peu moins favorisée que moi sur le plan social, je ne conseillerais pas de suivre mon exemple. Il est vrai – et c'est heureux – que ce genre de conseil est rarement écouté.

Un autre élément entrait dans ma décision : j'étais en mesure de gagner ma vie indéfiniment et je pouvais exercer mon métier aussi bien dans un lit d'hôpital qu'ailleurs, ou du moins presque aussi bien. De plus, même peu assurée de telle ou telle de mes qualifications, je dois avoir une confiance inébranlable en mes talents, car la pensée ne m'a pas effleuré l'esprit qu'un enfant illégitime pourrait faire le moindre tort à ma carrière. Dans toute compétition professionnelle à laquelle je participerais, je serais certaine de l'emporter. Cette assurance n'a reçu jusqu'à présent aucun démenti J'ai terminé ma thèse en temps voulu ; elle a été publiée, et a fait l'objet de critiques élogieuses là où il le fallait et de la part de ceux dont dépend ma carrière. De plus, je suis bon professeur, car j'ai de l'enthousiasme et ne demande rien qui ne soit possible. Ce sont peut-être des avantages injustes, mais moins injustes, après tout, que celui d'habiter les beaux quartiers.

Le dixième jour, je quittai l'hôpital, Octavia dans mes bras, Lydia à mes côtés. J'étais très agitée à la perspective de rentrer à la maison et d'avoir mon bébé tout à moi, mais le froid extérieur dut le surprendre, car il se mit à hurler et à se débattre violemment dans le taxi. Quand nous descendîmes, je ne savais plus très bien quoi faire. À l'hôpital, cette enfant avait toujours été si douce, si calme !... Je la déposai dans son panier, mais le matelas était différent de celui qu'elle avait à l'hôpital ; elle parut inquiète, malheureuse et vociféra de plus belle. Comme elle semblait bizarre, dans sa petite chemise de nuit, qui ne ressemblait guère aux articles de layette réglementaire qu'elle avait portés jusqu'à cet après-midi ! Elle continuait à pleurer, et je commençais à craindre qu'elle ne s'adaptât pas à la vie réelle. Lydia semblait aussi inquiète que moi. Assises côte à côte, nous regardions, consternées, cette petite créature en fureur. Enfin Lydia dit :

— Pourquoi ne lui donnes-tu pas à boire ? Ça la ferait taire.

Je jetai un coup d'œil à ma montre : il était quatre heures et demie.

— Ce n'est pas encore l'heure. À l'hôpital, on ne nous permettait pas de leur donner à téter avant cinq heures juste.

— Peuh ! Une demi-heure de plus ou de moins ! La différence n'est pas grande.

— Tu crois ?… Mais alors elle se réveillera une demi-heure plus tôt à chaque tétée ?

— Est-ce que ça aurait beaucoup d'importance ?

— Je n'en sais rien. J'ai un peu l'impression que ça embrouillerait tout et que rien ne marcherait plus. Elle était si sage à l'hôpital ! Et puis elle va être complètement perdue. Comment saura-t-elle que c'est le jour ou la nuit ?

— À ta place, je lui donnerais à boire. Sinon elle aura une crise nerveuse.

Je ne le pensais pas, mais je ne pouvais plus supporter de l'entendre crier. Je la pris donc et lui donnai le sein ; elle se calma aussitôt et s'endormit, avec l'air de trouver que son matelas et sa chemise de nuit n'étaient pas si désagréables. Bien entendu, elle se réveilla une demi-heure plus tôt à la tétée suivante, et continua ainsi à se réveiller de plus en plus tôt, car elle avait réduit de quatre heures à trois heures et demie l'intervalle entre les repas. Il fallut longtemps pour qu'elle sût distinguer le jour de la nuit.

Dans l'ensemble, les choses marchèrent à peu près. J'eus droit, pendant les quinze premiers jours, à l'assistance d'une « aide familiale gratuite ». Cette même Mrs Jennings, femme gentille et corpulente, découverte par Lydia, continua à venir deux fois par semaine à mes frais, ce qui me permettait de courir à la bibliothèque entre deux tétées. Mrs Jennings adorait les bébés, et ses roucoulements admiratifs, ses *joli trésor à sa maman*, ses *petit bout de chou mignon à croquer* rendaient à mes oreilles un son mélodieux. Je renonçai vite à nourrir Octavia moi-même, car je m'aperçus que donner le sein était à la fois exaspérant et épuisant pour les nerfs. Je tins bon six semaines, espérant que cela deviendrait un plaisir, comme les ouvrages modernes l'affirment, ou du moins que ce ne serait plus une corvée. La petite, certes, y prenait plaisir, quant à moi, je ne pus bientôt plus y tenir. Ce n'était pas l'acte en lui-même qui me dégoûtait, mais ses suites, comme d'avoir des vêtements toujours tachés de lait, ce qui me rendait folle. Ces six semaines eurent sur moi un effet durable : je suis devenue, comme Clare, une maniaque de la propreté ; je ne cesse de laver mon linge et mes robes avant même que ce ne soit nécessaire, de porter des affaires au nettoyage alors que l'état de mes finances ne me le permet pas, et de rendre des visites nocturnes aux laveries automatiques. D'ailleurs, en dépit de l'évidence contraire, je n'ai jamais pu croire que mon lait fût vraiment du lait et que la petite se nourrît vraiment en prenant le sein. Je ne crois que ce que je vois. Aussi, la première fois que je lui donnai un biberon et que je vis le niveau du lait descendre centigramme par centigramme, j'éprouvai un immense soulagement ; ce fut pour moi le premier vrai repas de sa vie.

Octavia était un bébé ravissant. Tout le monde le disait, dans les magasins, dans les autobus, dans les jardins publics, partout où nous allions. Je l'emmenais à Regent Park aussi souvent que j'avais le courage de monter et de descendre son landau dans l'ascenseur. L'été fut assez beau, et elle était aussi bronzée que moi. À mon grand étonnement, je pouvais rester des heures à contempler les petits gestes de ses mains ou l'expression changeante de son visage. Comme cette enfant était gaie ! Dès qu'elle eut appris à sourire, elle ne s'en départit plus. Au début, elle souriait à n'importe quoi : aux compteurs de parkings, aux chiens, aux étrangers ; mais, en grandissant, elle commença de me réserver ses sourires les plus aimables, et rien ne me ravissait plus que cette préférence manifeste. Je ne m'étais certes pas imaginé qu'elle m'aurait en aversion ou me tiendrait rancune de sa naissance – encore que préparée à encourir plus tard son ressentiment – mais je n'avais pas prévu cette explosion de tendresse lumineuse, de joie étincelante, chaque fois que je surprenais son regard. Peu à peu, je pris conscience que ce petit être m'aimait, qu'il ne pouvait pas faire autrement, et qu'à moins que je ne me donnasse un mal fou pour le détacher de moi il continuerait de m'aimer, au moins pendant quelques années. C'était merveilleux, de recevoir ainsi un amour insoupçonnable. Mes baisers étaient accueillis par de douces petites joues caressantes qui ne se dérobaient pas et par de tendres roucoulements.

C'est sans doute parce que j'espérais cet amour que j'avais voulu avoir mon enfant, ou plutôt que j'avais renoncé à ne pas l'avoir : quelque chose m'avait avertie qu'il y aurait des compensations. Mais sous bien des rapports, j'aurais préféré quand même ne pas l'avoir, un peu comme on préférerait ne pas jouir de la beauté, de l'intelligence, de la richesse, enfin de tout ce qui procure à la fois bonheur et souffrance. Certains épisodes de la vie quotidienne en compagnie d'un bébé me jetaient dans une frénésie de larmes, et pas seulement le fait d'avoir du lait sur mes chandails. Comme cela arrive si souvent dans la vie, il était impossible de choisir, ne fut-ce qu'en théorie, entre les avantages et les inconvénients, entre les pertes et les profits. Je n'avais pas le choix. Le mieux était donc de faire bon visage et d'éviter de donner du poids aux mises en garde pessimistes dont on m'accablait. J'y réussis très bien, et l'opinion générale s'exprima ainsi : « Étonnante Rosamond ! Elle a vraiment l'air d'être heureuse. Après tout, elle a dû bel et bien le vouloir, cet enfant ! »

Je m'étais imaginé, tout au moins confusément, qu'aussitôt après la naissance les hommes m'intéresseraient davantage. Or il n'en fut rien. De temps à autre, il m'arrivait de me dire que ce serait agréable d'avoir des relations affectueuses avec un adulte ; pourtant, chose étrange, je n'étais plus attirée par personne. J'éprouvais une sorte de désenchantement bizarre, un peu comme si j'avais été trahie, trompée, abandonnée. La seule personne à laquelle je pensais avec tendresse, en dehors de ma douce petite fille, c'était George. J'écoutais encore sa voix à la radio, réconfortée de le savoir si près de moi – et pourtant si loin –, me demandant ce qu'il faisait. Parfois, prise d'un élan devant le charme d'Octavia, j'avais une brusque envie de lui téléphoner et de lui parler d'elle ; mais je ne le fis jamais. Je m'imaginais connaître suffisamment la nature humaine pour savoir que si grands que fussent le charme et la beauté, ils ne contrebalanceraient pas le sentiment des obligations financières et émotionnelles qu'une telle révélation mettrait en branle. J'épargnai donc George, et je m'épargnai aussi. À certains moments, je croyais discerner chez Octavia une ressemblance avec lui. Plus souvent encore, je croyais un instant apercevoir George lui-même : mais ce n'était jamais lui ; c'étaient des jeunes gens aux joues lisses, aux manières douces, entrevues à travers la vitrine d'un magasin d'antiquités ou d'un tailleur à la mode ; des garçons qui auraient pu être lui.

Ainsi l'été s'éloigna, l'automne vint, mon enfant apprit à s'asseoir, je terminai ma thèse, et Lydia parut sur le point de terminer son roman, encore que son aventure avec Joë l'eût retardé. Je commençai à m'inquiéter de ce qui se passerait à Noël quand mes parents reviendraient. Cette perspective me tourmentait beaucoup, et j'en vins à penser que si j'avais gardé le bébé c'était seulement parce que je jouissais d'un appartement. L'automne amena aussi d'autres désagréments tels que le froid. Jusqu'alors, je n'avais jamais prêté attention au froid, étant pleine de santé et d'énergie ; par malchance, octobre fut exceptionnellement rigoureux, pluie, brouillard, humidité, gelées nocturnes. Je ne m'en souciais guère pour moi, mais je ne savais pas comment empêcher la petite d'avoir froid ; quand je lui mettais des gants, elle les mâchonnait et terminait sa promenade en landau avec des mains froides et humides. Elle se mouillait aussi et sa poitrine était moite. Elle résista quelque temps, puis attrapa un rhume. Au début, cela ne parut pas la gêner outre mesure, puis elle se mit à tousser la nuit, et quand elle toussait sa respiration devenait sifflante comme celle d'une vieille brebis. Je ne savais comment la soulager, et je ne voulais pas aller chez un médecin, car, en quittant l'hôpital après sa naissance, j'avais cru avoir mis fin définitivement à mes rapports avec les hôpitaux. J'avais déjà découvert, il est vrai, que l'enfant aurait à subir une série interminable d'injections, examens médicaux, vaccinations et immunisations de toutes sortes. Mais tout cela était affaire de routine et non de choix. Et voilà qu'en regardant couler le nez d'Octavia et en entendant son souffle irrégulier, je compris qu'il me fallait la conduire chez un médecin. Cette idée me rebutait étrangement. Mes raisons n'étaient, je le savais, qu'une masse inextricable d'arguments égoïstes et enfantins ; je ne voulais pas déranger inutilement un médecin surchargé de travail, car j'avais horreur d'importuner les gens ; et puis je ne voulais pas rester deux heures dans une salle d'attente glaciale, un bébé débordant de vie sur mes pauvres genoux. Ce n'était plus une simple question de choix entre le confort et le devoir ; et il ne s'agissait pas de ma propre santé, mais de celle d'Octavia. S'il ne s'était agi que de moi, je n'y serais jamais allée.

Vingt-quatre heures après avoir décidé que je consulterais un médecin, je demandai l'avis de Lydia, qui, de prime abord, parut aussi perplexe que moi. Elle me conseilla de téléphoner et de prier un médecin de passer chez moi, au lieu de me déranger ; je n'y avais même pas songé, ce qui montre bien à quel point j'étais encore peu familiarisée avec les réalités de ma nouvelle existence. Je me dis alors que ce serait bien agréable, à condition d'oser le faire.

— Bien sûr que tu vas l'oser ! dit Lydia. Les médecins sont là pour ça. Tu ne vas tout de même pas sortir la petite par un temps pareil et dans cet état !

— Elle n'a sans doute pas grand-chose, fis-je piteusement. D'ailleurs on ne donne aucun médicament aux bébés enrhumés.

— Je sais ce qu'il faut faire ! s'écria Lydia, dans une illumination soudaine. Pourquoi ne prendrais-tu pas sa température ?

Je la regardai, stupéfaite : pas un instant cette idée ne m'avait traversé l'esprit ! Pourtant, pendant des mois, le thermomètre m'avait été aussi nécessaire qu'un couteau ou une casserole. Je reconnus tout de suite la valeur de la suggestion et je l'aurais mise en pratique sans tarder si j'avais possédé un thermomètre. Aucune de nous, hélas ! n'en possédait un, et déjà les magasins étaient fermés ; il me fallut aller jusqu'à la pharmacie de garde, située à l'autre bout de mon quartier. Quand je revins, Octavia dormait et je préférai ne pas la réveiller. Le lendemain matin, je lui pris enfin sa température ; elle était élevée, pas assez peut-être pour que ce fût alarmant chez un bébé, mais suffisamment pour me justifier de faire venir un médecin. À ma grande surprise, la secrétaire ne parut nullement étonnée quand je la priai de demander au docteur de passer chez moi.

Il arriva au milieu de la matinée, regarda Octavia, lui prit le pouls, la température, m'affirma que ce n'était rien, rien du tout, mais que, si je n'y voyais pas d'inconvénient, il allait l'ausculter. Je retirai donc la robe et la brassière. L'enfant sourit, se trémoussa de joie quand il appuya le stéthoscope sur sa poitrine potelée. Il écouta un long moment, et je commençai à me dire que j'avais eu tort de le déranger. Un peu absente, je songeais que ce bébé était adorable et que sa petite veste de laine avait besoin d'être lavée. Si j'avais su, j'aurais savouré encore davantage cet instant ; ou peut-être devrais-je dire que j'ai savouré cet instant, et plus aucun autre depuis. Quand il eut fini d'ausculter la petite, il se leva, prit une profonde aspiration et dit :

— Bah, je ne pense pas que nous ayons à nous inquiéter de ce petit rhume !

— Oui, oui, fis-je, prête à m'évanouir, car je voyais bien qu'il n'en avait pas fini et qu'il ne pensait pas un traître mot de ce qu'il venait de dire.

— Néanmoins, j'ai bonne envie de prendre pour vous un rendez-vous à l'hôpital. Je voudrais que vous y conduisiez votre enfant un de ces jours.

Cette fois, je n'osai pas poser la moindre question. J'entrevoyais des maladies pénibles – la pneumonie, par exemple –, rien de vraiment inquiétant, ce qui tend à prouver que, même moi, je ne me hâte pas de croire aux mauvaises nouvelles.

Il demeura un moment silencieux, attendant mes questions, mais, la petite sur mes genoux, je me taisais. Alors il se décida enfin et, sans affirmer désormais qu'il n'y avait pas de quoi s'alarmer, il commença :

— Cela peut ne rien vouloir dire, n'être qu'un symptôme sans gravité. Où est-elle née ?... À l'hôpital Saint Andrew, n'est-ce pas ?... Je ne comprends pas qu'ils aient laissé échapper cela ! Écoutez, le mieux est, je crois, que je vous prenne un rendez-vous avec le professeur Protheroe. C'est un spécialiste éminent, habitué à ce genre de chose.

— Qu'est-ce qu'elle a ? dis-je enfin. Qu'est-ce qui ne va pas ?... Sa poitrine ?... C'est une pneumonie ?

— Oh ! non, non, rien de ce genre ! Cela n'a rien à voir avec son rhume. Un petit rhume sans importance, je le répète. En ce moment, tous les enfants du quartier sont enrhumés. Mais, par hasard, j'ai entendu quelque chose au cours de l'auscultation. C'est tout. Ne vous tourmentez pas, cela ne veut sans doute rien dire. Rien du tout.

À ma place, toute autre aurait demandé des éclaircissements, voulu savoir ce que signifiait ce discours confus. Moi, j'étais trop effrayée. Sans doute ne voulais-je surtout pas savoir ; et encore maintenant je ne peux pas revivre cette heure douloureuse. Je n'aspirais qu'à entendre le médecin me répéter à l'infini que ce n'était rien, rien du tout. C'était la seule chose que je souhaitais entendre, comme à mon propre lit de mort. Je ne voulais pas qu'il me précisât la date du rendez-vous, car j'avais peur que ce ne fût urgent. Quand il me dit le jour, j'essayai de ne pas écouter ; mais j'entendis quand même que ce serait pour la semaine suivante, le mardi après-midi ; il me confirmerait le rendez-vous dès qu'il se serait informé. Je me sentis un peu soulagée ; il ne pensait donc pas que l'enfant mourrait avant le mardi. Prenant mon courage à deux mains, je lui demandai comment soigner le rhume d'Octavia. Il me prescrivit de lui donner le soir un demi-comprimé d'aspirine.

Quand il fut parti, je revins auprès de la petite, la pris sur mes genoux et la contemplai, en proie à une angoisse terrible. Comme cela se produit sans doute toujours en de semblables circonstances, en moins de dix minutes j'étais passée d'un état de bonheur inconscient à un état de souffrance conscient et cependant imprécis. Je pleurais, bien entendu, car je pleure chaque jour pour une raison ou pour une autre ; Octavia souriait et posait son petit doigt sur les larmes qui roulaient le long de mes joues, comme si elles eussent été des gouttes d'eau sur une vitre. Comparée à ce moment, ma vie passée prenait la luminosité d'une chaude après-midi de juin. Et pourtant, rien n'avait changé, rien n'était survenu à cette minute, si ce n'est que l'ignorance avait fait place à la connaissance. Que de fois, au cours des semaines qui suivirent, j'aurais voulu être restée dans l'ignorance, n'avoir pas fait venir le médecin et qu'il n'eût rien découvert. À certains moments, la paix de l'esprit me semblait mille fois préférable à la souffrance, si utile, si nécessaire fût-elle. Tout le monde m'a dit qu'à la longue je me serais aperçue de la chose ; mais j'aurais au moins bénéficié d'un sursis.

Je ne peux pas revivre en pensée cette semaine. Je n'en ai pas la force. Enfant, je m'étais crue malheureuse, obsédée par des peurs, par des remords, par des inquiétudes ; adolescente, obsédée par moi-même ; femme, obsédée par la crainte que ma vie ne fût gâchée par les conséquences d'une seule soirée de tendresse. Maintenant, pour la première fois, c'était le sort d'un autre être qui me faisait trembler, et cette souffrance outrepassait mes forces. Tout en remuant la bouillie dans la casserole, ou en pianotant sur ma machine à écrire au British Museum, il me semblait que j'allais tomber morte, tant mon esprit était tendu. Chaque fois que j'émergeais de cette vague de désespoir, j'en voulais à Octavia et au destin qui m'avaient ainsi exposée à la souffrance ; jusqu'alors j'avais été protégée, défendue contre de telles attaques, maintenant je me découvrais fragile, vulnérable, sans défense, cible facile pour les coups du sort. Être seule, n'avoir personne à qui me confier, rendait mon angoisse à la fois plus intense et plus supportable. Dans l'instant même où je souhaitais avoir quelqu'un, n'importe qui, George, avec qui pleurer, j'étais heureuse qu'à George cette douleur inutile fût épargnée.

J'ai peine à relater ce que fut ma première visite à l'hôpital, la semaine suivante, et pourtant j'éprouve le besoin d'exorciser cette période de ma vie. Ce fut intolérable. J'attendis plus d'une heure et demie, en compagnie d'autres mères, d'autres enfants, parmi un assemblage sordide de poupées et d'ours en peluche. C'était l'heure de la sieste d'Octavia, mais elle refusait de dormir sur mes genoux ; elle pleurnichait, s'agitait, suçait son pouce, se débattait ; tant et si bien que j'étais épuisée. Quand le chirurgien nous reçut, je n'osai pas lui poser de question, et il ne me dit rien ; ensuite je portai Octavia au service de radiologie, au bout d'un kilomètre de sombres corridors, puis de nouveau chez le chirurgien, qui parla de la nécessité d'opérer. Cette fois, j'étais dans une sorte de transe et je saisis à peine ce qu'il disait. « Réfléchissez bien, et revenez après demain. » Nous quittâmes l'hôpital deux heures et demie après y être entrées ; et dans la rue, nous pleurions toutes les deux, elle de fatigue, moi de fatigue et de peur.

Chez nous, je réfléchis, et le surlendemain nous retournâmes à l'hôpital. Cette fois, on ne nous fit pas attendre plus de vingt minutes, le chirurgien m'offrit même une tasse de café. Cela ressemblait au verre de rhum du condamné, mais ce n'était peut-être pas cela du tout ; il se pouvait que ce fût tout bonnement l'heure de sa pause-café. Je m'étais assez endurcie pour distinguer ses traits que l'avant-veille je n'avais qu'entrevus à travers un brouillard aveuglant, et pour écouter ce qu'il disait. Il parlait avec douceur et gentillesse de l'artère pulmonaire. Ces mots suffirent à m'épouvanter et je cessai d'écouter ; d'ailleurs, il était visible qu'il ne cherchait pas vraiment à m'expliquer. Quand il eut terminé et que j'eus absorbé mon café, il conclut :

— Je vous conseillerai donc de la faire opérer le plus tôt possible.

— Mais vous m'avez dit, répondis-je – me souvenant comme dans un rêve, d'une autre partie de la conversation – qu'il valait mieux ne pas opérer avant l'âge de cinq ou six ans !

— J'essayais de vous faire comprendre que nous n'avons pas le choix. La gravité du cas…

— Mais il n'y a eu aucun signe de quoi que ce soit ! m'écriai-je, revenant à la réalité. Pas le moindre signe ! Pas le plus faible symptôme ! Rien. Elle s'est toujours portée à merveille.

— Comme je vous le disais, certains symptômes ne se manifestent que lorsque l'enfant devient plus actif. C'est par un coup de chance extraordinaire que nous avons découvert cela à cette phase, étant donné qu'il y a eu si peu d'indications…

— Chance ! Vous appelez cela de la chance ! fis-je, incapable de me contenir plus longtemps. De la chance, en vérité !

Comme, à ce moment-là, il me montra peu de compréhension, peu de sympathie professionnelle ! Cela reste pour moi un perpétuel sujet d'étonnement. Je vois maintenant, et je l'ai soupçonné alors, que cet homme ne ressentait rien d'autre que de la curiosité professionnelle. Ma petite enfant était pour lui un cas bizarre, un phénomène.

Voyant que ma sortie ne recevait aucune réponse, je murmurai, d'une voix redevenue humble :

— Pourriez-vous me dire… quel pourcentage de réussites vous avez pour cette opération ?

— N'oubliez pas, répondit-il, que la chirurgie du cœur en est encore à ses débuts, bien que nous ayons accompli de grands progrès ces dernières années. Il y a cinq ans, une enfant de cet âge aurait eu peut-être une chance sur cinq de survivre. Je pense qu'elle en a actuellement une sur quatre.

Il croyait sans doute que j'allais le féliciter. Au lieu de quoi, je fondis en larmes. C'était la première fois que quelqu'un m'assénait aussi brutalement le mot « survivre ».

— Et sinon, qu'arriverait-il ?

— Je crains que nous n'ayons pas le choix.

L'air un peu préoccupé, il se leva et conclut : « À présent, Mrs Stacey, vous feriez bien de rentrer chez vous et d'en parler avec votre mari. Et rappelez-vous que nous avons pleine confiance… »

— En parler avec qui ? demandai-je, furieuse.

— Oh, pardon, veuillez m'excuser ! dit-il en jetant un coup d'œil au dossier. Mais il y a bien quelqu'un de qui vous pouvez prendre conseil ?… Vos parents ?… Des cousins, des amis ?

— Mes parents sont en Afrique, dis-je en me levant et en boutonnant mon manteau, prête à partir.

— En Afrique ?

Il parut s'intéresser tout spécialement à ce détail que j'avais lancé plutôt par défi. Il s'assit, réfléchit, releva la tête et demanda :

— Vous ne seriez pas apparentée à Herbert Stacey, par hasard ?

— Je suis sa fille, répondis-je à regret, car je me rendais compte qu'un tel aveu, dans ces circonstances, ne faisait guère honneur à mon père.

Alors toute l'attitude du chirurgien changea. Il me pria de me rasseoir, sonna, commanda du café et entreprit de me raconter qu'il avait été à Oxford le condisciple de mon père, qu'ils avaient tous deux fait partie de ceci et de cela, qu'ils avaient pris la parole lors de tel et tel débat, qu'il avait toujours pensé que mon père ferait de la politique. Il me parla de ma mère, me demanda de ses nouvelles. Et que pensaient-ils de l'Afrique ? De ces discours il ressortait que ce médecin connaissait très bien mes parents. Et, de fait, maintenant que j'y pensais, je me rappelais avoir souvent entendu, à table, prononcer son nom avec des commentaires favorables. Lui aussi, il était du bon côté dans la querelle de la Public Health. On le disait bon socialiste. Nous nous regardâmes d'un œil tout différent.

Ce bavardage amical dura un bon quart d'heure. Pendant ce temps-là, les autres misérables patients s'entassaient dans les salles d'attente, avec une morne résignation. Lorsque enfin le docteur me laissa partir, c'est avec chaleur qu'il me serra la main, inscrivit mon numéro de téléphone dans son agenda et me dit que, dans une semaine, je pourrais mettre la petite en observation pour une journée. Cela fait, il l'opérerait, si tout allait bien, dans la quinzaine.

— Comprenez-moi. Je n'irai pas jusqu'à prétendre que c'est une petite affaire. Mais l'enfant me paraît très robuste, en dépit de son état. La phase initiale passée, les chances de guérison sont excellentes, excellentes. Et puis, faites-moi confiance, Miss Stacey. J'ose dire que votre bébé est en très bonnes mains. Vous ne pourriez en trouver de meilleures.

Bien que je n'eusse jamais mis en doute sa compétence, je me sentis plus rassurée en l'entendant la proclamer avec ce sourire.

Durant les quinze jours qui suivirent, je ne sus vraiment que faire de moi. Je me traînais, incapable de travailler, vraiment incapable – et non pas, comme d'habitude, persuadée que je l'étais, jusqu'au moment où je me forçais à ouvrir mes livres. Les heures s'écoulaient, lentes ; je me débattais de mon mieux, torturée par le sourire adorable d'Octavia, m'efforçant de ne pas la prendre trop souvent dans mes bras. Le soir du deuxième jour, je me dis que j'avais besoin de boire et je bus. Je crois avoir déjà dit que l'alcool me rend très gaie, et même ce soir-là il eut cet effet. Comme mes finances étaient plutôt basses, j'achetai du vin rouge ordinaire, que j'aime assez à condition de le chauffer. Chaque soir j'en absorbai une bonne quantité, et, au bout d'une heure ou plus, mes pensées se mettaient à dériver en tournoyant, d'un refuge optimiste à un autre : un moment, j'étais convaincue de l'immortalité de l'âme ; l'instant d'après, que toute souffrance a sa raison d'être ; et, surtout, j'avais la ferme conviction – chose qui ne m'arrive jamais quand je suis sobre – que la chance était de mon côté.

Presque tous les soirs, je me couchais avant le retour de Lydia, dont la liaison avec Joë était à son point culminant. De propos délibéré, j'essayais de l'éviter, car je ne lui avais pas dit la vérité à propos d'Octavia et ne voulais pas me laisser entraîner à la lui dire. Un soir, cependant, ils rentrèrent tous deux peu après onze heures ; allongée sur le tapis, la tête sur un coussin, je me demandais si j'aurais l'énergie d'aller me coucher. Je ne les entendis pas venir et ils me trouvèrent là. Ils constatèrent aussitôt que j'avais bu – le corps du délit était à côté de moi – et décidèrent de me tenir compagnie. Ils me parlèrent du film qu'ils venaient de voir au *Cameo-Poly*, et Lydia m'annonça qu'elle avait presque terminé son roman. Je demandai à Joë des nouvelles du sien. Il répondit : « Duquel ? » – De celui qu'il écrivait, bien entendu. Eh bien, il n'en écrivait pas, et c'était là le changement. Puis il voulut savoir quand mon père et ma mère rentreraient, si Lydia devrait changer de domicile, et où j'irais me loger – car ce n'était pas facile de trouver un appartement quand on avait un bébé. Là-dessus, une brusque faiblesse me prit ; je sus, avec une clarté prémonitoire, ce qu'ils diraient tous si Octavia venait à mourir : ils diraient que c'était une bénédiction. Je croyais les entendre dire cela, même ceux qui me connaissaient et me comprenaient. En dehors de moi, personne au monde ne se souciait d'elle, ni ne savait combien je tenais à elle. Peut-être y a-t-il des créatures humaines dont nul ne veut, dont nul ne se préoccupe, qui sont seules, abandonnées, sans amour, des créatures dont l'existence est un fardeau inutile sur la terre. Peut-être me fallait-il remplacer à moi seule, par la qualité de mon amour, le nombre des pleureurs qui manqueraient aux obsèques d'Octavia.

Heureusement, ils délaissèrent presque aussitôt le sujet appartement et bébé, et je pus me ressaisir. Mais ce répit fut bref.

— Tiens, j'ai parlé de toi l'autre soir, Rosamond, dit tout à coup Joë. Oui, j'ai rencontré ton ami de la télé, George… George comment ?… Je n'arrive pas à me rappeler son nom.

— George Matthews, dis-je.

— C'est cela même, George Matthews.

Un silence suivit pendant lequel j'entendais mon cœur battre avec force, une chaleur me brûlait le visage et ma respiration devenait saccadée. Il y avait des mois que je n'avais pas entendu prononcer ce nom ; car je ne jouissais pas du privilège qui est accordé à nombre de celles et de ceux qui aiment sans être payés de retour : entendre parler de l'objet aimé par des amis. J'avais si scrupuleusement évité toute occasion de revoir George ou de l'entendre qu'il aurait pu aussi bien n'avoir jamais existé ; et si je n'avais pas si souvent tenu dans mes bras le fruit de son existence, j'aurais pensé que l'épisode n'avait été qu'un rêve, engendré par quelque bizarre caprice intérieur, par quelque désir inconscient de ce qui aurait pu être. Maintenant qu'enfin j'entendais prononcer son nom, maintenant qu'enfin il émergeait des recoins intimes de ma mémoire, je ne savais que dire, ni comment me comporter avec un semblant de naturel. Il y avait cent questions que j'aurais voulu poser : Comment allait-il ? Comment était-il habillé ? Se souvenait-il de moi avec sympathie, indifférence ou hostilité ? Savait-il que j'avais mon bébé ? Avec qui vivait-il ? De qui était-il aimé ? Qui aimait-il lui-même ?... Cent interrogations semblables à celles-là, si longtemps retenues, me montaient aux lèvres ; mais je ne savais pas les formuler, et je me tus. Je me tus et je sentis mes traits reprendre leur place, mon visage retrouver son expression vide et neutre. Joë dut être convaincu que je ne m'intéressais absolument pas au personnage, car il changea de sujet et se mit à parler de son programme de télévision. Lydia allait y paraître ; elle parlerait du roman d'aujourd'hui.

— Pourquoi pas, après tout ? reprit Joë. Elle a autant que n'importe qui le droit de parler du roman d'aujourd'hui. N'est-ce pas, Lydia ? Et elle est jolie, en plus. Alors pourquoi pas ?

Oui, pourquoi pas, me disais-je en les quittant pour aller me coucher. Pourquoi pas ? Cela n'avait aucune importance. J'avais assez d'eux, assez de les entendre, d'être avec eux, de penser à eux. Et pourtant je les aimais bien. Si j'aimais quelqu'un, c'était des gens comme eux. Je commençais à croire que je n'aimais plus personne. À l'exception de George, de George et de son anonymat tranquille ; de George qui pouvait vivre à sept cents mètres de moi et rester plus d'un an invisible, sans que j'entendisse même parler de lui, s'éloignant toujours davantage de mes souvenirs et de ma vie… Je croyais aimer George. J'aurais tant voulu avoir l'occasion de le lui dire.

La nuit qui précéda l'opération d'Octavia, je restai éveillée, soutenant ce qui aurait pu être mon dernier combat contre les monstres obscurs du doute. En de telles occasions, certains doivent s'interroger sur l'existence de Dieu ; il ne me semblait pas possible de survivre avec une foi intacte à semblable désastre. J'estime que, lorsqu'on parle de la miséricorde divine, il serait décent de prendre en considération la réalité. Mais, à vrai dire, la pensée de Dieu ne me vint guère à l'esprit. Je ne m'en étais jamais beaucoup préoccupée, ayant été élevée en bonne rationaliste, et l'idée d'une vie après la mort, ou celle d'un paradis, me paraissait fastidieuse et, à proprement parler, incroyable. En revanche, l'idée de justice me préoccupait grandement. Je ne pouvais m'ôter de la tête que si Octavia mourait, ce serait le châtiment de mon péché. L'innocent doit souffrir pour le coupable. Quelle avait été la nature de mon crime ? Cela, j'avais peine à le dire, car je ne pouvais me convaincre qu'avoir couché avec George fût un péché. Au contraire, il m'arrivait, selon mon humeur, de considérer cet acte comme le seul vertueux de ma vie. La notion de châtiment n'en pesait pas moins lourd sur moi. Toute la nuit, ce que j'essayai de préserver, ce n'était pas ma foi en Dieu mais ma foi aux lois du hasard.

Vers le matin, je commençai à me dire que mon péché c'était l'amour que m'inspirait mon enfant. Un moment, j'en vins presque à espérer qu'elle mourût, me libérant ainsi de la corruption et de la fatalité de l'amour. Ben Jonson a dit de son enfant mort : « Mon crime est d'avoir mis trop d'espoir en toi, mon fils bien-aimé. » Nous avons tendance à ne voir en ce qu'écrivent les poètes que des figures de rhétorique, des images, des mots. Parfois, peut-être, ils disent la vérité.

Le matin, quand il fut temps de me lever, de m'habiller, de rassembler les pauvres petits effets, je sortis du lit, et fis cette prière : « Oh mon Dieu, laissez-la vivre, rendez-lui la santé ! » Dieu naissait du besoin que j'avais de Lui.

À l'hôpital, je la leur donnai. Elle me sourit, puis se mit à pleurer quand on l'emporta. Le monde s'était rétréci à la dimension de son petit visage, de ses mains crispées qui s'agitaient. Image poignante, intolérable : son innocence, sa gaîté, sa fragilité. Je m'en allai et arpentai de haut en bas Marylebone Road. Comment passai-je ces heures ? Je n'arrive pas à me le rappeler. Je ne retournai à l'hôpital qu'une demi-heure après le moment qu'on m'avait fixé, et je n'osai rien demander. Je restai là, immobile, jusqu'à ce qu'une infirmière, m'ayant reconnue, vînt en souriant me dire que tout allait bien, que Mr Protheroe m'envoyait son amical souvenir, qu'il me verrait et que tout semblait annoncer un succès total. Comme le jour où je m'étais pour la première fois rendu compte que ma fille était malade, je ne réussissais pas à croire qu'une simple énonciation des faits pût à ce point changer mon sort. Je restai muette, me demandant si c'était bien la vérité qui m'était dite, ou si cette fille ne s'était pas trompée de nom, de pronostic, de message. Mais elle continuait à sourire et à me rassurer ; et bientôt je la crus, parce qu'il me parut évident que tout allait bien, en effet, que nous avions eu la chance de notre côté, Octavia et moi. Quand je réussis à parler, je demandai si je pouvais la voir. On me dit de revenir le lendemain, car elle était encore inconsciente et il ne fallait pas la déranger.

« Oui, merci », fis-je humblement, et je reculai, pleine de gratitude envers eux tous. Puis je m'en allai pleurer dans les toilettes. Et je rentrai à la maison.

C'est seulement lorsque je fus chez moi que je commençai à me préoccuper de certains détails, sur lesquels je n'avais pas osé m'attarder auparavant. Que penserait Octavia en se réveillant à l'hôpital ?... Souffrirait-elle beaucoup de l'opération ?... La nourrirait-on bien ?... Pleurerait-elle ?... Les jours précédents, il m'aurait semblé présomptueux de penser à ces choses ; mais à mesure que les minutes s'écoulaient, leur importance croissait dans mon esprit. La menace qui avait pesé sur moi une fois disparue, les conditions de vie reprenaient toute leur importance. Plutôt que la douleur, c'était l'angoisse de se trouver au milieu d'inconnus qui ferait souffrir l'enfant, me disais-je. Car elle n'aimait que moi. Elle tolérait Mrs Jennings et Lydia, mais elle manifestait aux inconnus une bruyante aversion. Dieu seul sait quelles terreurs angoissantes, incommunicables, tourmentent les enfants, terreurs ignorées de tous. Nous n'y faisons guère attention, nous croyons que les enfants les oublieront, parce qu'ils n'ont pas les mots pour nous contraindre à nous en souvenir, parce qu'ils ne peuvent pas troubler notre conscience en lui imposant un récit de leurs malheurs. Quand ils apprennent à parler, ils ne peuvent plus rien nous dire, et c'est pourquoi nous les ignorerons toujours. Ils oublient vite, disons-nous, parce que nous refusons d'accepter le fait qu'ils n'oublient jamais. Nous ne pouvons supporter l'injustice de la vie, alors nous prétendons qu'un bébé peut oublier les heures passées sous un portail, enveloppé dans de vieux journaux, ou bien les coups que lui assènent les seuls êtres qui auraient pu l'aimer, ou encore la vue de frères aînés brûlés vifs dans les flammes d'un poêle à pétrole renversé. Comme ceux qui consolaient Job, nous ne parvenons pas à croire que l'innocent souffre. Et pourtant il souffre. Nous voyons, mais nous ne croyons pas.

Quand je retournai à l'hôpital, le lendemain matin, je me heurtai à une sorte de barrage. La responsable du service, une femme en blanc dont je ne saisis pas bien la fonction exacte, m'assura que tout allait comme prévu, que tout se déroulait d'une manière satisfaisante, que l'enfant était aussi bien que l'on pouvait l'espérer.

— Je voudrais la voir, dis-je, rassemblant un peu de courage.

— Je crains que ce ne soit impossible, dit la femme en blanc avec une calme assurance, après avoir consulté un fichier.

— Pourquoi ?... Je voudrais la voir et je sais qu'elle veut me voir !

Le femme en blanc s'embarqua dans de longues explications. Il fallait éviter de bouleverser les enfants, de bouleverser les mères, de bouleverser les autres enfants, de bouleverser les autres mères. Il fallait la même règle pour tous. Les infirmières avaient leurs occupations et leurs consignes. Et ainsi de suite. Tandis qu'elle parlait, sur un ton neutre, le souvenir affluait en moi, de lettres lues dans le *Times* et dans le *Guardian*, à ce sujet, lettres écrites par des mères qui, comme moi, s'étaient vu refuser le droit de voir leur enfant.

— Quelles sont les heures de visite ? demandai-je.

Inexorable, la réponse prévue me parvint :

— Pour des enfants aussi jeunes, nous n'autorisons aucune visite. Nous estimons que cela dérange aussi bien le personnel hospitalier que les petits malades, et nous ne pouvons donc le permettre. Voyons, Mrs Stacey, soyez raisonnable. Comprenez que ça ne sert à rien, de rendre visite à une enfant de cet âge. Elle s'habituera beaucoup plus vite si vous vous abstenez d'aller la voir. Vous n'imaginez pas comme ces petits s'habituent vite. Les mères ne nous croient jamais, mais l'expérience nous a montré combien nous avons été avisés d'établir ce règlement.

Le mot « s'habituer » me déplut. Je n'en aimais pas le son ; il évoquait un état de torpeur, de léthargie, comme on disait dans le *Times*. Octavia ne s'était jamais « habituée » dans le sens où l'entendait la femme en blanc, et je ne voulais pas qu'elle commençât maintenant. Depuis vingt-quatre heures, nous avions supporté la plus longue séparation de notre vie, et je voyais cette épreuve se prolonger indéfiniment. Et puis, si on ne voulait pas me laisser voir mon enfant, n'était-ce pas parce qu'on m'avait menti ? En la voyant, je découvrirais quelque chose de si cruel que j'en serais accablée. J'exprimai cette idée, espérant impressionner mon interlocutrice :

— Tant que je ne l'aurai pas vue, je ne serai pas sûre qu'elle va bien. Il me restera un doute.

Elle admit ce point de vue.

— Mrs Stacey, me dit-elle en plongeant son regard droit et franc dans mes yeux remplis d'angoisse, il faut que vous me croyiez quand je vous dis que je vous ai donné sur votre fille tous les renseignements voulus. Nous ne cherchons pas à vous cacher quoi que ce soit, parce qu'il n'y a rien à cacher. Le Dr Protheroe a exprimé sa vive satisfaction, concernant l'issue de l'intervention, et il viendra lui-même ce matin voir la petite. Si vous voulez lire son compte rendu, le voici.

Et elle me tendit une feuille du dossier portant la mention : « À ne pas communiquer au malade. » J'y jetai un coup d'œil, mais ne vis qu'un amalgame de termes techniques que je n'essayai même pas de déchiffrer. Toutefois, je me sentis mieux, rien que parce qu'elle m'avait laissé voir cette feuille, car elle ne pouvait pas savoir combien j'étais ignorante ! Il était facile de voir que je n'étais à ses yeux qu'une petite femme sans importance, un simple crampon, qui lui faisait perdre son temps. Et comme je détestais être un crampon et que je n'aboutissais à rien, je me résolus à prendre congé avec bonne grâce, ce que je fis.

— Vous avez peut-être raison, dis-je. Je suis sûre qu'elle est très bien soignée. Je voulais seulement la voir, je craignais de lui manquer. Mais vous avez peut-être raison, il est possible que ce soit mieux que je ne la voie pas trop tôt.

Je pris mon sac et me préparai à partir. Elle se leva, m'ouvrit la porte. J'étais déjà dans le couloir quand je l'entendis me dire que, dans une quinzaine environ, je pourrais voir Octavia. Je me retournai à demi, prête à riposter ; je n'en eus pas la force et m'éloignai dans le couloir. Je connaissais l'hôpital à présent aussi bien que mon ancien collège ou le British Museum.

Je ne m'étais pas attendue qu'on me laissât auprès de ma fille toute la journée et j'étais arrivée avec l'intention d'aller ensuite travailler à la bibliothèque et de revenir à l'hôpital vers cinq heures. Je me rendis donc machinalement au British

Museum, y passai une heure ou deux, essayant de vérifier certaines notes tout à fait insignifiantes. Cette tâche ne suffisait pas à m'occuper l'esprit, et à l'heure du déjeuner j'en avais plus qu'assez. Ma thèse approchait si bien de sa fin que je reculais devant la perspective de la remettre et d'avoir à envisager de nouveaux projets. Je descendis manger un sandwich et boire un café. Assise tranquillement au bar, je me répétais que je devais être reconnaissante, ne pas me tourmenter parce que j'allais rester quinze jours sans voir mon enfant. Le règlement était le règlement : je devais savoir gré de tout au personnel de l'hôpital et ne pas leur faire de difficulté. Mais plus je me le répétais, moins j'étais convaincue, car il me suffisait de penser à mon enfant se réveillant seule pour que tous ces beaux raisonnements me parussent un amas de non-sens. Mon café bu, je me levai, remis mes livres dans mon sac et pris le chemin de l'hôpital.

C'était l'heure du déjeuner et je ne pus trouver la femme en blanc. Deux infirmières gardaient son bureau. Elles me dirent que la femme en blanc ne reviendrait qu'à deux heures.

— Ça n'a aucune importance, dis-je. Ce n'est pas elle que je veux voir, c'est mon bébé. L'une de vous pourrait-elle me conduire auprès de ma fille ? Elle se trouve dans la salle G 21 et s'appelle Octavia Stacey.

Les deux infirmières se regardèrent, inquiètes, comme si j'avais eu l'esprit dérangé.

— Les visites ne sont pas autorisées dans cette salle, dit l'une d'elles avec une politesse timide, gentille, du ton apaisant que l'on prend avec une malade ou une aliénée.

— Ça m'est égal, que ce soit permis ou non. Si vous voulez bien me dire où se trouve la salle, je m'y rendrai seule. Et vous n'aurez qu'à ne pas dire que vous m'avez vue.

— Je regrette, mais c'est impossible, dit l'autre infirmière en voyant que la première ne répondait pas.

Sa voix comme celle de sa compagne, avait une intonation indécise, effarouchée, et j'eus presque honte d'insister. Je le fis cependant ; je leur dis que j'étais décidée à voir mon enfant, que j'étais persuadée que, loin de la bouleverser, ma visite la réconforterait, me réconforterait, lui ferait le plus grand bien à tous égards. Si elles s'obstinaient à ne pas me conduire auprès d'elle, je trouverais mon chemin toute seule. Non, non, protestèrent-elles aussitôt et leurs voix se raffermirent, le poids de l'autorité l'emportant sur la gêne personnelle. Elles avaient tout l'hôpital derrière elles, le savaient et savaient aussi que je n'avais rien derrière moi, si ce n'est ma volonté. Je n'avais jamais réussi à l'imposer ; tout me porte à renoncer dès le premier signe d'opposition. Mais, cette fois, je ne serais pas la seule perdante ; quelque part dans l'immense bâtisse, Octavia, couchée, m'attendait. Il ne s'agissait plus de moi seule ; un autre être était en jeu. Jamais plus la vie ne serait pour moi une suite de renoncements et de résignations !

— Il faut que je la voie, répétai-je. Si vous voulez, allez chercher l'Infirmière en chef, ou la Surveillante, peu importe son titre. Allez et dites-lui de venir. Si vous ne le faites pas, je l'attendrai ici de pied ferme.

— Elle ne sera pas de retour avant deux heures, dit l'une.

— Vous ne pouvez pas attendre ici, ce n'est pas permis, dit l'autre.

— Qu'entendez-vous par là, pas permis ? fis-je, irritée et cependant gênée de ma tentative – assez modeste encore – pour m'affirmer. Qui ne me le permet pas ? Qui décide que je n'ai pas le droit d'attendre ?

— La Surveillante ne veut recevoir personne à ce moment de la journée. Et elle nous interdit de permettre à quiconque de rester ici.

La peur commençait à se faire jour sur leurs visages ; il était visible qu'elles courraient au-devant de sérieux ennuis si elles ne réussissaient pas à se débarrasser de moi avant le retour de la Surveillante. J'étais navrée pour elles, mais pas autant que pour Octavia. Je m'assis sur un coin du bureau et j'attendis. Au bout de cinq minutes, l'une d'elles disparut, peut-être dans l'espoir de trouver une compagne plus persuasive ou plus capable de me déloger. Avant qu'elle ne revînt, la Surveillante arriva, et ce fut l'autre infirmière qui eut à supporter la violence de son courroux.

— Eh bien, eh bien, Mrs Stacey ! aboya-t-elle en faisant irruption dans la pièce. Vous revoilà encore ! Miss Richards, combien de fois devrai-je vous répéter que je ne reçois pas de visiteurs en début d'après-midi ?... Mrs Stacey, il m'est vraiment impossible de vous...

— Je ne suis pas de service, coupa Miss Richards, furieuse de l'algarade. J'étais venue voir Mavis, et Mavis est allée chercher...

— Je ne veux pas savoir qui est parti, ni qui est de service, répondit sèchement la Surveillante. J'ai dit et redit que mon bureau n'est pas une salle d'attente. Mrs Stacey, j'ai un travail fou et ne puis vous parler à présent. Miss Richards, veuillez conduire Mrs Stacey à l'ascenseur, s'il vous plaît. Si vous désirez un entretien, il faut que...

— Je ne veux m'entretenir avec personne, dis-je. Je veux voir mon enfant.

Je me sentais mieux. Ça m'avait ennuyée de mettre en difficulté ces petites infirmières sans défense, dont l'embarras avait été presque aussi grand que le mien. Mais en cette surveillante je devinais une volonté avec laquelle je pouvais me colleter. S'affirmer était pour elle un plaisir, non un tourment ; j'étais donc libre de m'affirmer, moi aussi.

— Je vous ai déjà dit ce matin qu'il ne saurait être question que vous voyiez votre fille.

— Peu m'importe ce que vous avez dit. Je veux voir mon enfant. Si vous ne me faites pas conduire auprès d'elle, je la chercherai jusqu'à ce que je la trouve. On ne la garde pas sous clef, que je sache.

— Miss Stacey, vous vous comportez d'une manière inadmissible. Je me vois dans l'obligation de vous prier de sortir tout de suite.

— Je ne sortirai pas, dis-je. Vous feriez mieux de me conduire auprès d'elle, je ne voudrais pas être contrainte de semer le désordre dans tout l'hôpital en la cherchant.

— Allons, allons, dit la Surveillante, ce n'est ni l'heure ni le lieu de tenir des propos de femme hystérique ! Vous devriez nous être très reconnaissante que votre fille…

— Reconnaissante ?… Je suis reconnaissante ! J'admire votre hôpital, j'admire votre travail, j'ai un culte pour la Santé publique. Mais maintenant, je veux voir mon enfant.

Elle s'avança vers moi, me prit par le bras et commença de me pousser doucement vers la porte.

J'ai passé une si grande partie de mon existence à m'efforcer de comprendre les ignorants que je reconnus aussitôt son expression : elle me plaignait et elle était surprise. Je la laissai me pousser jusqu'à la porte, parce qu'au début il me fut impossible de résister. Quand nous fûmes sur le seuil, je m'arrêtai et dis :

— Non, je ne partirai pas. Je resterai ici jusqu'à ce que vous changiez d'avis.

— Je n'ai aucune intention d'en changer, dit-elle. Et, me reprenant par le coude, elle se remit à pousser.

Je résistai. Immobiles, nous nous affrontions du regard. Je ne pouvais pas croire qu'il me faudrait avoir recours à la violence. Mais, d'un autre côté, que faire ? Quand elle se remit à pousser, je me mis à crier. Je criai de toutes mes forces, en fermant les yeux, surprise d'entendre le vacarme assourdissant qui m'emplissait la tête. Une fois lancée, je ne pus m'arrêter. Je restai là, immobile, hurlante, tandis qu'elles me secouaient, protestant que j'allais bouleverser tous les malades.

— Je m'en moque ! hurlai-je, trouvant les mots pour exprimer ce que j'éprouvais. Je m'en moque, je m'en moque, je m'en moque !

On me fit asseoir, mais je continuai à hurler, à gémir, les yeux toujours fermés. À travers le bruit, j'entendais des gens aller, venir, s'agiter ; quelqu'un me gifla ; quelqu'un essaya de poser un linge mouillé sur ma tête ; et pendant tout ce temps je me disais qu'il me fallait continuer ainsi, jusqu'à ce qu'on me laissât voir Octavia. Dans ma tête, tout était rouge, noir et brûlant. Mais j'avais l'esprit étonnamment lucide, à force d'angoisse. Je supportais cela, je supportais ce choc et ne me brisais pas en deux. Au bout d'un long moment, quelqu'un cria au-dessus du vacarme :

— Pour l'amour de Dieu, dites-lui qu'elle va voir son enfant !... Qu'on essaie de le lui dire !

J'entendis ces mots et aussitôt m'arrêtai, ouvris les yeux. Autour de moi, un silence lourd et gêné se fit.

— Avez-vous dit que je pouvais voir mon enfant ?

— Bien sûr que vous pouvez la voir ! dit le Dr Protheroe. Bien sûr ! Je n'imagine pas pourquoi on vous l'interdisait.

Je regardai le cercle haletant qui m'entourait, et dont la composition avait beaucoup changé depuis la dernière fois que je l'avais vu. Le Dr Protheroe, en personne, agité et blanc de colère ; la Surveillante, assise au fond de la pièce, s'épongeait les yeux ; les infirmières, pétrifiées ; et aussi quelques hommes, au regard courroucé. C'était comme si j'avais ouvert les yeux sur un récit résumé en une seule image, histoire dans laquelle je n'aurais joué aucun rôle : une scène s'était jouée entre la Surveillante et les autres ; elle avait perdu et subissait les conséquences de sa défaite. Cela ne me concernait en rien, j'en étais sûre. Je refermai les yeux avec lassitude ; car je ne voulais pas savoir, leur histoire ne m'intéressait pas ; je ne voulais connaître que la mienne. Je ne pouvais plus me soucier de leurs conflits ni en porter le poids. Si j'avais gagné, cela me suffisait.

— Est-ce que je peux aller voir mon bébé ? répétai-je.

— Je vous y conduis moi-même, dit le Dr Protheroe.

Il me prit par le bras et m'emmena. À ma grande surprise, je constatai que j'avais besoin de ce bras, parce que mes genoux tremblaient et que le sang battait dans mes oreilles, sensations bizarres pour moi qui avais toujours été forte comme un cheval (à ce qui disaient mes parents). Nous suivîmes plusieurs couloirs tortueux, franchîmes des portes à tambour, montâmes et descendîmes des escaliers ; et pendant tout ce temps j'essayais de fixer le chemin dans ma mémoire, comme Thésée dans le labyrinthe. Enfin nous arrivâmes dans une salle longue, compartimentée, remplie de bébés. Les compartiments devaient être insonorisés, car, lorsque nous fûmes devant celui d'Octavia, je n'entendis rien jusqu'à ce qu'on en ouvrît la porte. Alors, d'un seul coup, les cris plaintifs de l'enfant, perçants, si reconnaissables, frappèrent mes oreilles. Elle gisait dans un petit lit semblable à celui où elle avait passé les premiers jours de sa vie, et elle portait la même sorte de chemise de nuit ; mais cette fois elle était attachée. Je restai sur le seuil, bouleversée. Elle tourna les yeux vers moi, et j'eus peur qu'elle ne se mît à pleurer plus fort encore, ou qu'elle ne me reconnût pas ; mais elle s'arrêta de crier, et j'allai vers elle, et son habituel sourire, enchanté et enchanteur, lui irradia le visage. Immobile, incapable de bouger, elle souriait ; et je fus près d'elle, je lui caressai la joue ; et son sourire emplit la petite chambre. Elle m'avait pardonné notre jour de séparation. Je le compris et une telle générosité m'étonna, car je ne suis pas généreuse. Juste oui, mais pas généreuse.

Je restai près d'elle toute la journée ; j'aidai à l'alimenter ; je la regardai dormir ; je la regardai s'éveiller ; je la regardai pleurer, car elle pleura encore, mais d'ennui et de souffrance, et non plus d'abandon. Obligé de me quitter au bout de cinq minutes, le Dr Protheroe avait dit aux infirmières de m'apporter une chaise, de me laisser aller et venir à mon gré ; je pouvais prendre mes repas à la cantine. Profitant de ce que nous étions seuls un moment, je lui demandai si c'était un traitement de faveur, qu'on m'octroyait à cause du tapage que j'avais mené ou à cause de mon père. Il me répondit que ce n'était pas un traitement de faveur ; la règle de l'hôpital était d'admettre les mères auprès de leurs enfants, et telle était aussi la règle de la nation ; mais il ajouta que l'élément humain intervenait :

— Nos bâtiments sont vieux, notre personnel est vieux. Nous sommes obligés d'en tenir compte.

— Avouez cependant que je ne suis entrée ici que parce que j'ai fait ce scandale. Les autres mères, elles, ne viennent pas.

— Toutes ne le désirent pas, dit-il. Toutes n'en ont pas le temps. Certaines ont plusieurs enfants, dont il leur faut s'occuper. À votre place je ne me préoccuperais pas des autres. Pensez à vous.

Je pensai donc à moi et continuai à venir sans m'inquiéter de toutes celles qui ne le pouvaient pas. Les infirmières n'aimaient pas que je fusse là, du moins la plupart ; elles ne me trouvèrent jamais une chaise ; mais je ne me souciais pas d'avoir ou non une chaise ; quand je ne réussissais pas à en dénicher une moi-même, je m'asseyais sur le plancher. C'était calme, paisible dans la chambrette ; car Octavia dormait la plus grande partie du temps ; je lisais et m'ennuyais d'une façon tout à fait normale. La Surveillante ne m'adressait plus la parole, si grande était la rancune qu'elle me gardait ; mais les remords qui m'assaillaient chaque fois que je la croisais dans un couloir étaient les plus légers du monde. Vers la fin, cependant, en dépit de mes efforts, il me devint impossible d'étouffer le sentiment que me causait la présence de tous les autres petits, qui pleuraient doucement derrière leur porte vitrée et que nul n'entendait, ou qui gisaient dans un état de torpeur, voisin du néant, à l'autre bout de la longue salle. Cette aile de l'hôpital était réservée aux tout-petits. Je réussis à en voir de plus grands, en me rendant à la cantine, et quelques-uns paraissaient beaucoup moins malheureux : ils lisaient, jouaient, se disputaient. Je vis des spectacles effroyables ; et il m'arriva alors de ressentir une joie folle à la pensée que la maladie si grave d'Octavia n'avait en rien altéré sa beauté, une joie excessive, comme si sa beauté avait été plus importante que sa vie. Ce n'était qu'un éclair de folie, car qui ne préférerait supporter un bec-de-lièvre ? Avant la naissance d'Octavia, je croyais que le mérite et la beauté ont un lien étroit avec l'amour ; depuis, j'avais compris qu'il n'en est pas ainsi.

Cet hôpital était bien l'endroit le plus triste qui soit. Quelques faibles tentatives pour l'égayer apparaissaient par-ci par-là ; des petits lapins couraient en frise autour des murs ; de temps à autre, une infirmière particulièrement zélée venait causer avec moi et faire danser des ours en peluche devant les yeux d'Octavia. Celle-ci ne s'intéressait pas aux ours en peluche, car elle était à l'âge où l'on n'aime à jouer qu'avec des objets agréables à mâchonner, ou avec du papier, mais l'infirmière ne s'en apercevait pas. Je passai des semaines à l'hôpital, car Octavia fut longue à se remettre ; et durant toutes ces semaines je ne vis qu'une seule autre mère. Nous nous croisâmes deux fois à l'entrée de la salle ; et la seconde fois, plus ou moins par hasard, nous allâmes ensemble à la cantine, où, après un rapide échange de sourires, nous prîmes place à la même table, devant de pareilles tasses de thé. De quoi aurions-nous pu parler ? Toute question anodine aurait risqué, dans les circonstances où nous nous trouvions, de réveiller une peur, un drame assoupi. Aussi me contentai-je de demander :

— Comment avez-vous réussi à vous introduire ici ?

Je lui parlais parce qu'elle me paraissait gentille ; un peu plus âgée que moi, des cheveux blonds partagés au milieu et ramenés souplement en arrière, un manteau gris à col de fourrure. Un joli visage, au menton arrondi ; un de ces visages allongés, sans angles ni saillies, que cependant on n'oublie pas. Une sorte de paix très douce émanait de cette inconnue. J'avais d'ailleurs envie de causer. J'en avais plus qu'assez de mon interminable lutte avec des êtres muets.

— Oh, ç'a été facile ! dit-elle. Avant de leur confier le petit, je les ai obligés à écrire noir sur blanc que je serais autorisée à venir le voir.

— Voilà qui était sage ! Moi, il a fallu que j'y aille de ma crise de nerfs.

— Vraiment ? Et ça a marché ?

— Bien sûr.

— Je n'ai pas voulu faire de scandale parce que je craignais qu'on ne m'interdise l'entrée de l'hôpital, sous prétexte que l'état de mes nerfs s'y opposait. J'avais peur aussi d'être hospitalisée de force dans un autre service…

Je me dis que ç'aurait fort bien pu m'arriver, et je me rappelai la mésaventure de Lydia, à qui l'on n'avait pas accordé la permission de se faire avorter légalement, en raison de sa nervosité même. Les degrés de folie posent un problème aussi délicat que les degrés de responsabilité.

— Quoi qu'il en soit, vous vous êtes très bien débrouillée. Je n'avais pas compris que les choses se passeraient comme ça. Si j'avais su, j'aurais fait comme vous, j'aurais pris mes précautions avant.

— Oui, on ne le sait pas. La première fois, je n'en avais pas la moindre idée. On ne m'a pas laissé voir mon aîné. Mon mari a dû écrire une lettre.

— Et ça a marché ?

— Oui, mon mari a quelque influence ici.

Elle eut un pâle sourire et je m'aperçus qu'elle paraissait très lasse.

— Combien d'enfants avez-vous ? demandai-je.

— C'est mon second qui est ici en ce moment. Mon second fils.

Il y eut un silence ; elle croyait peut-être que j'allais lui demander ce qu'il avait ; mais ça me gênait et je vis que ma discrétion la soulageait, car elle reprit :

— Ils ont la même chose tous les deux. Cette fois-ci, je l'ai vu venir, je m'y attendais depuis des années. C'est pire. Les gens s'imaginent que c'est mieux, ils se trompent. C'est bien pire.

— Pourquoi l'avez-vous mis ici, après l'autre ?

— Pourquoi ? Parce que c'est le meilleur hôpital. Ils ont dû vous le dire.

— Oh oui, ils me l'ont dit ! Mais je pensais qu'on dit ça dans tous les hôpitaux.

Elle sourit de nouveau – un sourire lent, grave, limpide ; un sourire las et compatissant.

— Ici, ils sont vraiment merveilleux. C'est votre premier, n'est-ce pas ?

— Oui, mon premier.

— Je vous souhaite bonne chance avec le second, dit-elle en vidant sa tasse.

— Je n'en aurai pas d'autres.

— C'est ce que j'avais dit, moi aussi. Ils m'avaient affirmé que ça n'arrivait pas deux fois. Après le second, ils ont reconnu que les chances étaient à cent contre une pour que ça se renouvelle. Oh, c'était sans importance : je l'aurais eu quand même !

— Comment pouvez-vous vous y faire ?

C'était parti malgré moi ; après, j'aurais voulu n'avoir pas parlé, car son attitude, gentille certes, avait été assez réservée. Néanmoins, elle ne se formalisa pas ; elle avait sans doute l'habitude de s'entendre poser cette question.

— Je ne m'y fais pas.

Prenant sa cuillère, elle se mit à mêler les feuilles de thé au fond de sa tasse, fixant sur elles un regard intense, comme si elles eussent enfermé, humide et sombre, une image du destin.

— Au début, je feignais de ne pas m'en soucier. Je riais avec mes amis et sous-estimais devant ma famille la gravité de la chose. C'est étrange, cette impulsion qui vous pousse à jouer un rôle, vous ne trouvez pas ? Puis, je me suis lassée de ce jeu. J'en ai eu assez de feindre que ce n'était rien, simplement pour épargner les autres. À présent, peu m'importe qu'on devine ce que j'éprouve, je m'en moque.

Je demeurai silencieuse, bouleversée. Cette femme portait noblement sa douleur, s'épargnant et épargnant à son entourage l'épreuve supplémentaire de la laideur qui, souvent, accompagne l'excès de souffrance.

Au bout d'un moment, elle enfila ses gants et se leva.

— Au revoir, dit-elle.

— Au revoir.

Et elle s'en alla.

Une semaine plus tard, on me permit de ramener Octavia chez moi. Elle avait retrouvé sa gaîté et son agilité, et semblait ne se ressentir de rien. Certes, elle avait maigri. Le matin, j'arrivai à l'hôpital avec une petite valise pleine de vrais vêtements. J'avais attendu avec impatience le moment de lui mettre autre chose que les chemises blanches de rigueur, et j'avais passé en partie le temps de ma garde à lui coudre de nouvelles robes. À l'école, j'avais appris à faire des « smoks », technique que je croyais n'avoir jamais à utiliser, mais je parvins ainsi à lui faire de jolies robes, de divers tons foncés. J'y avais pris grand plaisir ; c'était mieux que les puzzles, car cela m'économisait de l'argent, tout en occupant mes mains mécaniquement, comme j'en avais le besoin impérieux. Je lui mis la plus jolie pour la ramener à la maison : une robe bleu marine à petits carreaux. Elle était adorable, ainsi habillée, et dansait de joie sur mes genoux. Je serrai la main de toutes les infirmières, et même de la Surveillante qui était enchantée de me voir partir. Je montai dans le taxi qui nous attendait. L'autre fois que nous avions quitté ensemble l'hôpital, Octavia avait dix jours. Je savais maintenant qu'il était vain d'espérer de ne jamais retourner là-bas : dans le meilleur des cas, nous étions parties pour toute une existence de contrôles et d'examens médicaux. Néanmoins, il me sembla que j'étais plus heureuse qu'alors.

C'était au milieu de l'après-midi. Par le mystère des rues à sens unique, le chemin pour gagner mon immeuble était assez long, il fallait contourner Queen's Crescent. L'air était vif et transparent, et tandis que nous longions la noble architecture du Crescent, je me dis soudain que, peut-être, je tiendrais le coup. J'avais déjà pensé cela quand j'étais ivre, jamais encore à jeun. Jusqu'à cet instant, j'avais été intimement convaincue qu'un excès de souci pourrirait ma nature, au point qu'elle ne produirait plus de fruits ni même de fleurs. À cette minute, je sentis que je supporterais ce qu'il me serait donné de supporter. Pour la première fois depuis la naissance d'Octavia, je me sentais à la hauteur. Comme Job, j'avais été menacée du pire, et comme lui j'étais demeurée intacte. Je savais maintenant quelque chose de la valeur de la vie, et tout ce qui pourrait encore m'échoir de bonheur reposerait sur la réalité et non plus sur l'espoir.

Quand nous eûmes repris notre vie à la maison, Octavia et moi, je découvris que mon soulagement initial avait fait place à de nouvelles inquiétudes. Je n'en fus ni angoissée, ni surprise, mais il aurait été bien agréable de jouir d'un court répit. J'étais avertie que le moindre refroidissement, la moindre égratignure, seraient dangereux pour Octavia et devrait être soigné aussitôt par des piqûres de pénicilline. Je passai donc le plus clair de mon temps à la surveiller, osant à peine la confier aux soins de Mrs Jennings. Les préoccupations communes à toutes les mères prenaient chez moi une importance lancinante et hantaient mes nuits.

Je commençais aussi à m'inquiéter du retour de mes parents. Où irais-je vivre ? Ils m'écrivaient environ une fois par mois, faisant de vagues allusions à une arrivée vers Noël ; comme ils ignoraient ma situation, ils ne jugeaient pas opportun de s'étendre sur ce point. Je n'avais pas fait de plan, ne voulant pas tenter le destin en prenant à l'avance des dispositions pour moi et pour une enfant qui aurait pu, à Noël, être comme si elle n'avait jamais existé. Maintenant, il semblait bien qu'elle allait continuer d'être là et que je ne serais donc pas en mesure de présenter à mes parents un appartement désert, soigneusement vidé des serviettes de table, des bottines blanches, des bouteilles de jus d'orange et des canards en plastique qui l'encombraient.

Peut-être me faudrait-il déménager. Certes, je pouvais toujours rester, les affronter, leur demander la permission de continuer à vivre chez eux. La place ne manquait pas, et leur acquiescement ne faisait aucun doute. Mais il n'était pas dans ma nature non plus de solliciter des faveurs ; et puis cela ne me plairait pas, de vivre auprès d'eux. Il est vrai que, sans leur appartement, ma situation financière serait difficile. Lorsque j'avais ramené Octavia à la maison, je m'étais empressée d'écrire à tous mes amis journalistes, à la société des répétiteurs qui m'avait déjà employée et à diverses agences, afin de trouver du travail supplémentaire.

J'aurais pu me dispenser de ces démarches : au début de décembre, je reçus une lettre de mon père m'annonçant que maman et lui venaient d'accepter une invitation du gouvernement indien et qu'ils allaient passer un an aux Indes. « Nous en sommes déjà si près, écrivait-il, que j'ai pensé que nous ferions aussi bien de poursuivre notre chemin sans avoir à payer un voyage de retour. Nous serons désolés, bien entendu, de ne pas vous voir, toi, Béatrice et les enfants, mais vous semblez heureuses et très occupées, et vous vous passerez très bien de nous, j'en suis sûr. » En lisant ces lignes, je me sentis grandement soulagée de ce répit inattendu : encore toute une année de sursis ! Et qui sait ce qui arriverait d'ici à la fin de cette année !

Ma thèse serait alors achevée et publiée. Avec un peu de chance, je pourrais me présenter devant mes parents nantie d'une situation universitaire honorable – et pas seulement d'une petite fille… Je repris la lecture de la lettre. Mon père parlait ensuite de son travail en Afrique, des diverses difficultés qu'ils avaient rencontrées, du climat, puis, négligemment, au dernier paragraphe – plus exactement : à la dernière phrase – il ajoutait ceci : « J'ai reçu la semaine dernière une lettre de notre vieil ami Dick Protheroe, qui me dit t'avoir vue un peu. » Rien de plus. Après ces mots révélateurs, il terminait tranquillement, comme à l'accoutumée : « Tendresses. Papa. »

Je m'assis, relus la lettre, cherchant ce qu'elle signifiait au juste. Il était clair pour moi que le Dr Protheroe avait raconté à mon père tout ce qui concernait Octavia : son existence, sa maladie. Par cette remarque faite en passant, mon père avait voulu me faire entendre qu'il était au courant. L'étonnant n'était pas que mes parents eussent appris l'existence d'Octavia, mais qu'ils l'eussent ignorée si longtemps. Cela prouvait que ni Béatrice ni Clare n'en avaient parlé. La discrétion de Béatrice ne m'étonnait pas, car c'est un trait de famille bien enraciné ; mais j'avais toujours eu des doutes du côté de Clare et de diverses relations lointaines, aperçues dans les files d'attente des cinémas ou dans la rue. C'était cependant le Dr Protheroe qui avait jugé bon d'informer mon père.

En réfléchissant bien aux conséquences, je ne trouvais aucun motif de regret. Connaissant mes parents comme je les connais, je suis sûre de ne pas me tromper : c'est parce qu'ils ne voulaient me causer, par leur retour, aucune souffrance, aucun embarras, ni même le moindre dérangement, qu'ils se rendaient aux Indes. Je pense qu'ils désiraient aussi me le faire comprendre ; sinon ils s'en seraient allés, tout simplement, sans citer le nom de Protheroe. Ce nom était là pour m'indiquer les raisons de leur départ ; peut-être aussi comme un très faible reproche, mais plutôt pour bien marquer que leur décision était irrévocable. Cette conduite me semblait naturelle, parce que je suis leur enfant ; mais, depuis, je me suis interrogée sans fin sur cette décision. Était-elle bonne ou mauvaise ? Un tel tact, une telle réserve, une telle peur de causer de la peine, un tel empressement à recevoir et supporter la souffrance… C'est une morale, je le sais, une morale anglaise bien ancrée, traditionnelle, et de plus, la mienne, que je le veuille ou non. Mais il y a des parties de mon caractère qui ne l'acceptent pas, et quand elles prennent le dessus, il en résulte de la violence, des cris, de la laideur ; et Dieu sait ce qui en résultera encore.

Enfant, je préférais souffrir n'importe quel tourment plutôt que de faire de la peine à autrui. Je mangeais des mets que j'exécrais, grelottais de froid dans des salons insuffisamment chauffés, grillais sous les séchoirs, buvais dans les tasses ébréchées et sales des cafés, plutôt que de froisser hôtes, serveuses, coiffeurs. Causer de la peine ou des ennuis à qui que ce soit m'était une souffrance plus pénible que tout ce que j'aurais pu endurer moi-même. Mais, en vieillissant, je m'aperçois que je change un peu. En partie, parce qu'il y a Octavia ; je ne suis plus seule à supporter les difficultés ; ce que j'accepte rejaillit sur elle. C'est pourquoi j'étais contente que mes parents allassent aux Indes : le confort physique que me vaudrait leur absence l'emporterait sur l'inconfort moral de savoir qu'ils avaient pris une décision si grave dans mon seul intérêt. Autrefois, il n'en aurait pas été ainsi. Assise à la table de la cuisine, la lettre encore ouverte sous mes yeux, je réfléchissais à cet égoïsme qui fleurissait en moi, et je me disais que c'était probablement cela, la maturité. « Peut-être, me dis-je, mes parents sont-ils encore des enfants. Ils s'imaginent pouvoir garder leur innocence. »

J'annonçai la bonne nouvelle à Octavia, qui sourit, la salua d'un geste, du haut de sa chaise de bébé, et m'offrit en échange un petit morceau de biscotte imbibé de salive. Comme je le refusais courtoisement, elle le laissa tomber par terre ; et je songeai avec soulagement que je disposais encore de toute une année pour remédier aux maux qu'elle avait infligés à cet appartement, autrefois élégant. Je la descendis de sa chaise et la laissai ramper le long du couloir, tandis que j'allai voir si Lydia était dans sa chambre. Je ne l'avais pas entendue rentrer la veille au soir, mais si elle était là je voulais lui parler de la lettre que je venais de recevoir. Je frappai et ne reçus pas de réponse. Comme il était plus de dix heures, j'entrai : elle n'y était pas. Je retournai à la cuisine, lavai un peu de linge, le rangeai, puis m'installai au salon et sortis ma machine à écrire. Je devais rendre compte, pour une revue de quatrième ordre, d'un ouvrage sur Daniel Defoë. La tâche n'était guère dans mes cordes ; en outre, elle était mal rémunérée, si l'on prend en considération que, pour faire la critique de ce seul ouvrage, j'avais jugé nécessaire de dévorer l'œuvre entière de l'écrivain. Mon ignorance à son endroit était telle que j'avais lu le *Journal de l'année de la peste* d'un bout à l'autre avant de m'apercevoir qu'il s'agissait d'une fiction et non d'un récit véridique de ces horribles événements – ce qui est à l'honneur de Defoë et pas du tout au mien. Je venais d'écrire et de compter mes cent premiers mots quand je me souvins d'Octavia. Je l'entendais pousser des petits cris de joie, quelque part dans le corridor, mais j'eus l'impression qu'il était temps de m'assurer qu'elle ne se livrait pas à quelque passe-temps destructeur, comme d'effilocher la frange du tapis. Pour son âge, elle manifestait un surprenant esprit de suite dans le vandalisme.

Consternée, je m'aperçus qu'elle s'était introduite dans la chambre de Lydia, dont j'avais omis de refermer la porte : or, Lydia laissait traîner partout des objets aussi dangereux que des tubes d'aspirine, des épingles doubles ouvertes, des lames de rasoir, des bouteilles d'encre ! Je me précipitai : le dos tourné au couloir, Octavia était assise par terre au milieu de la pièce, entourée d'une mer de papiers froissés, déchirés, mâchonnés. Je restai figée sur place, regardant sa petite nuque, son cou aussi gracieux que la tige d'une fleur, ses boucles brunes. Tout à coup, elle poussa un cri de joie et déchira une autre feuille de papier. « Octavia ! » criai-je, horrifiée. Elle sursauta, se sentant coupable ; et, se tournant vers moi, elle m'adressa un sourire enchanteur et désarmant. Sa bouche était encore pleine des débris du nouveau roman de Lydia.

Je la pris dans mes bras, pêchai dans sa bouche tous les morceaux que je pus et les déposai soigneusement sur une table, avec ce qui restait du manuscrit ; les pages 70 à 123 semblaient avoir échappé au massacre. Le reste offrait diverses phases de détérioration ; certaines feuilles étaient entières, mais très chiffonnées ; d'autres, en lambeaux ; et quelques-unes, comme je l'ai dit, mâchonnées. Le dommage était moins grand que je ne l'avais cru au premier abord, car les bébés sont plus persévérants qu'efficaces. Mais la vision première était impressionnante. Je ne savais par où commencer, aussi ne commençai-je pas. Je sortis et refermai la porte. Puis j'emmenai Octavia au salon, m'assis et me mis à réfléchir. Dans un certain sens, c'était la pire chose dont j'eusse jamais été responsable. Pourtant, regardant Octavia ramper autour du salon, en quête d'un nouvel exploit, j'eus envie de rire. N'était-ce pas absurde, d'avoir ce petit prolongement de moi-même, si dangereux, si vulnérable, dont les méfaits engageaient ma seule responsabilité ? C'était vraiment un cas où la main droite ignore ce que fait la gauche, dans le bien comme dans le mal. Que mon couteau aiguisé ne voie pas la blessure qu'il inflige ! Ce qui venait d'arriver était vraiment terrible, d'autant plus qu'en grondant sans cesse Lydia j'étais parvenue à la convaincre de fermer sa porte. Et cependant si l'on considérait Octavia, si mignonne, si vivante, cela ne paraissait plus une telle catastrophe.

Qu'allais-je dire à Lydia ? J'avais un moyen de m'en tirer : je pouvais prétendre qu'elle avait laissé la porte ouverte. Elle n'aurait pas assez de mémoire pour contester ce point. Dans une certaine mesure, cela m'absoudrait ; je serais coupable de ne pas avoir assez bien surveillé la petite, mais non d'avoir ouvert la porte. Dans mon enfance, il m'était souvent arrivé de recourir à ce genre de mensonge, parce que la perspective de me reconnaître coupable me paraissait intolérable ; ce qui tendrait à prouver que je craignais plus la tache sur ma réputation que la faute elle-même. Plus âgée, mon honneur m'obligeait à avouer, et je savais bien qu'il m'y contraindrait cette fois-ci encore. J'essayai d'imaginer la réaction de Lydia. Qu'aurais-je dit si on m'avait déchiré ma thèse ? J'étais à peu près sûre que Lydia ne gardait pas de double, car je me rappelais l'avoir entendue reprocher à Joë de tout taper en plusieurs exemplaires, même ses lettres. Elle y voyait de l'orgueil plutôt qu'une précaution d'ordre pratique. J'essayai de me rappeler si son roman était achevé ou non. Elle y avait consacré beaucoup de temps, plus d'une année, étant très prise par sa liaison avec Joë. D'après ce qu'elle avait dit, elle devait en être au dernier chapitre. Se mettrait-elle en colère ? Elle ne m'avait jamais avoué le sujet de son livre, et la pensée me traversa l'esprit qu'il y avait une sorte de justice poétique et immanente dans le fait que ces pages où elle étalait mon histoire et celle d'Octavia avaient été lacérées par Octavia elle-même.

Un précédent historique me hantait l'esprit, mais je ne parvins pas à le situer. J'écrivis encore quelques pages sur Daniel Defoë, tout en fouillant ma mémoire, car je savais que je n'aurais de répit que je n'eusse retrouvé ce précédent. Puis Octavia commença de pleurnicher ; je la couchai dans son petit lit, car elle dormait toujours un peu en fin de matinée ; et, comme je la bordais, cela me revint tout à coup : *L'Histoire de la Révolution française* de Carlyle !... Il en avait prêté le manuscrit à l'infortuné John Stuart Mill, en le priant d'y jeter un coup d'œil, et la servante de Mill avait allumé le feu avec. Le premier volume avait été entièrement détruit, et Carlyle s'était vu obligé de le réécrire. Mill et sa femme avaient aussitôt loué un fiacre et, avec beaucoup de dignité, s'étaient rendus auprès de Carlyle pour l'avertir du désastre. Mais quelle avait été la réaction de Carlyle ? Peut-être l'Histoire n'en avait-elle par gardé trace. Cet incident avait frappé mon imagination avec une force particulière, sans doute parce qu'il constituait l'exemple parfait d'un tort considérable et involontaire causé à autrui, et dans lequel la culpabilité de l'agent responsable – de la négligence, tout au plus – n'était pas en rapport avec le dommage subi par la victime. Mon esprit s'était toujours livré à des suppositions sur ce que Mill avait pu dire à Carlyle et sur ce que Carlyle avait répondu à Mill. Bah, maintenant je n'allais pas tarder à le savoir !

Tout le reste de la matinée, j'attendis avec angoisse le bruit de la clef de Lydia dans la serrure.

On ne pouvait prévoir ses allées et venues et elle pouvait arriver à tout moment. Elle ne rentra pas. Octavia et moi déjeunâmes dans le calme et la sécurité. Après le déjeuner, nous allâmes chez une amie. Avant de partir, j'hésitai : devais-je écrire un mot à Lydia ou laisser les faits parler d'eux-mêmes ? J'optai pour la seconde solution. Nous passâmes un après-midi très agréable ; mon amie avait un enfant à peu près de l'âge de ma fille, et les pièces étaient miséricordieusement démunies de cendriers cassables, de feux sans garde-feu, de manuscrits dactylographiés à un exemplaire, et de tout autre péril du même genre. Mon amie avait été à Cambridge avec moi ; elle n'était plus maintenant, à son vif ennui, qu'épouse et mère, et je me sentais la plus favorisée des deux. Au bout d'une heure de bavardages littéraires, maternels et malicieux, j'étais si bien remontée que je racontai avec brio l'horrible crime d'Octavia, ce qui, je l'avoue, nous fit rire de bon cœur. Cependant Sarah avait mesuré la gravité du fait. Quand elle eut repris son sérieux, elle exprima en termes appropriés sa sollicitude devant l'épreuve qui me frappait.

— Que va-t-elle dire ? Sera-t-elle folle de colère ?

— Je n'en sais rien. Elle ne se met jamais en colère, mais je ne connais personne qui se mette en colère. Et toi ?

— Moi non plus. Pas vraiment. Je connais des gens qui sont furieux contre d'autres, mais dans leur dos. La seule personne avec laquelle je me mette en colère, c'est mon mari.

— Si elle est vraiment en colère, il se peut qu'elle s'en aille. Et je n'aurai plus personne pour garder la petite quand je sors.

— À mon avis, ce serait une bonne chose si elle partait. Tu pourrais alors prendre une pensionnaire qui te verserait un loyer. C'est absurde, dans ta situation, de loger quelqu'un gratuitement.

— Oui, tu as sans doute raison. Mais elle ne sera pas assez furieuse pour partir.

— Tu n'en sais rien.

Octavia et moi nous rentrâmes en autobus. Lydia n'était toujours pas là. Je donnai son biberon à l'enfant et je la couchai, puis je cherchai un concert à la radio et m'installai pour attendre. Une pensée me traversa l'esprit : si Lydia rentrait avec Joë – comme cela se produisait souvent – ma confession en serait encore plus pénible. Un peu après huit heures, Joë téléphona et demanda si Lydia était là. Je répondis que non ; pensait-il qu'elle allait venir ? Oui, il le pensait, et même elle ne saurait tarder. Pouvais-je lui dire qu'il passerait la prendre à neuf heures, et qu'elle fût changée et prête ? L'idée de cette arrivée imminente me plongea dans des transes, et à ma vive surprise, je me mis à raconter l'histoire à Joë.

Il écouta en silence, puis tout ce qu'il trouva à dire ce fut :

— Eh bien, eh bien, ce qui est fait est fait ! Elle a si peu d'esprit pratique qu'elle ne se résoudra jamais à recoller les morceaux. Et elle déteste écrire de nouveau ce qu'elle a déjà écrit.

— Voilà ce qui s'appelle réconforter les gens ! Sera-t-elle très fâchée ?

— Fâchée ?… Non, je ne crois pas. Veux-tu que je vienne tout de suite, que je le lui dise et te tienne la main ?

— Non, ne te donne pas cette peine. Je préfère me débrouiller seule. J'espère que ce soir vous allez faire quelque chose d'amusant. Elle aura besoin d'être remontée.

— Nous devions aller à une soirée chez des amis. Mais, après un coup pareil, il se peut qu'elle n'en ait plus envie. Si tu veux, je t'emmènerai à sa place.

— Ce serait manquer de tact, ne crois-tu pas ?

— Tu as raison. Tant pis, je passerai de toute façon à neuf heures, pour ramasser les débris. Sois gentille, rappelle-toi tout ce qu'elle dira, ça pourra me servir un jour.

— À moi aussi, ou à elle. Écrivons tous les trois un livre là-dessus.

— Entendu. À tout à l'heure.

— À tout à l'heure.

Je ne pouvais me défendre de l'impression que cette mésaventure professionnelle de Lydia enchantait Joë ; personne n'avait le droit de publier quoi que ce fût sous peine d'encourir son mécontentement, à moins que le livre ne fût éreinté par la critique. Sachant cela, comment pouvais-je avoir de l'amitié pour Joë ? C'est la question que je me posais. Et pourtant je l'aimais bien, et je l'aime toujours bien.

À neuf heures moins vingt, Lydia rentra. Elle arriva en courant, de toute évidence très pressée, et m'appela au passage pour me dire qu'elle ressortait aussitôt. Le cœur serré, je la suivis dans le corridor, l'arrêtait devant la porte de sa chambre et, d'une voix faible, murmurai :

— Joë a téléphoné.

— Ah ? fit-elle, la main sur la poignée. Pourquoi ?

— Il m'a prié de te dire qu'il viendrait te chercher à neuf heures.

— Flûte ! Je suis en retard !

Et elle se mit en devoir de tourner la poignée.

— Lydia, dis-je bravement, il est arrivé une chose terrible. Vraiment terrible ! Je ne sais pas comment te l'annoncer.

— Que veux-tu dire ?

Elle se tourna vers moi et tourna en même temps la poignée à fond, si bien que la porte s'ouvrit, montrant le désastre, à moi, mais pas à elle. Je compris alors qu'il était inutile d'exposer le crime avec des mots ; je tendis simplement la main vers les débris du manuscrit.

— Regarde ! Regarde ce qu'a fait Octavia !

Elle regarda, et j'éprouvai presque un soulagement à la voir blêmir. Elle ne dit rien, entra et se mit à inventorier les dégâts, elle ramassa quelques-unes des feuilles les moins détériorées et les posa sur la table de chevet, avec une expression de stupeur. Puis elle y renonça, mais ne leva pas les yeux sur moi.

— Je suis navrée, dis-je. Je ne peux pas te dire combien je suis navrée. Tout est de ma faute. Je suis venue dans ta chambre ce matin, j'avais à te parler, et j'ai dû laisser la porte ouverte. Je ne m'en souviens pas, mais c'est ce que j'ai dû faire. Et Octavia est entrée.

Elle s'assit sur le lit, bras et jambes coupés. Je crus qu'elle allait pleurer. Elle ne le fit pas. Au bout d'un long silence, elle gémit :

— Mon Dieu !… Non, ne te tourmente pas. Je réussirai bien à tout remettre en état.

— Je n'y ai pas touché. J'ai eu trop peur d'aggraver les choses.

— Tu veux dire que tu n'as pas regardé ces feuilles ? Que tu n'as rien lu ? demanda-t-elle en s'animant un peu.

— Non, je n'en ai pas lu une seule ligne. Je me suis bornée à refermer la porte. J'étais trop accablée.

— Ah, soupira-t-elle, ça vaut mieux !

Et s'agenouillant au milieu des débris, elle s'écria presque gaie :

— Je suis sûre de réussir à tout remettre en ordre. Et s'il me faut écrire de nouveau quelques pages, ce sera excellent pour moi, car la seconde fois c'est toujours meilleur. Je suis paresseuse, c'est ce qui m'empêche toujours de remanier ce que je fais. Ce sera sans doute une bonne chose, que je relise le tout.

Elle entreprit de ramasser les morceaux, essayant de les classer. Debout, appuyée au chambranle, je la regardais. Elle perdit vite patience :

— Oh ! la barbe ! Ça m'embête. Je ferais mieux de me changer, sinon Joë va être en fureur. Avec son fichu caractère !

Elle retira son imperméable, sa jupe, son chandail et, en combinaison légère, se dirigea vers sa penderie qu'elle inspecta, à la recherche de quelque chose à se mettre.

Elle en serait restée là sans doute, mais moi je ne le pouvais pas.

— Lydia, fis-je, j'ai réfléchi. Ce n'est pas très amusant pour toi de vivre ici avec un bébé qui se promène partout, qui salit tout, qui pleure la nuit, et qui fait des choses aussi horribles que celle-là. Ne crois-tu pas que tu devrais louer une autre chambre ?

— Je n'y songeais pas, dit Lydia en choisissant un étrange haut en jersey or qu'elle passa par-dessus sa tête. Tu sais, je ne fais pas attention à la petite. Sauf, bien entendu, quand je la garde. Je la trouve très mignonne.

— Mais c'est un véritable fléau ! Et quand elle marchera, ce sera pire encore. Je ne réussirai pas à l'empêcher d'aller où ça lui chantera.

— Chercherais-tu à te débarrasser de moi, par hasard ?

Elle essaya une jupe noire à franges et la rejeta en faveur d'une jupe longue en lainage rouge. Sa combinaison, autrefois jaune citron, n'était plus maintenant qu'une suite de trous et d'échelles, reliés par un tissu d'un ton gris assez surprenant.

— Bien sûr que non, protestai-je. Je pensais simplement que tu n'aurais plus grande envie de rester.

— Il faudra bien que je m'en aille quand tes parents reviendront. Mais, d'ici là, je préfère de beaucoup rester ici. Je m'y plais. Et puis où irais-je ?

— Tu pourrais aller chez Joë.

— Grands dieux, non ! fit Lydia en plissant le nez de dégoût. C'est sale, chez lui. Ça empeste. Si tu voyais ce qu'il y a sous son lit. Tu l'as peut-être vu, d'ailleurs.

Elle se mit à relever ses cheveux, en son habituel chignon du soir, qui glissait sans cesse d'un côté à l'autre ; et, pour la première fois, je fus frappée par une certaine ressemblance physique entre elle et Joë. Vus de près, ils étaient tous deux sales et minables et pourtant on leur trouvait à l'un comme l'autre, une sorte de beauté douteuse qui ne devait pas tout au goût de l'époque. Lydia n'était jamais propre ; sa peau sans être piquetée de points noirs comme celle de Joë, avait un ton grisâtre, le teint de ceux qui se nourrissent de haricots secs, de jelly, de pain et de graillon. Ils paraissaient maladifs, tandis que j'avais la chair ferme et le teint brillant des bien nourris. Lydia se lavait certes de temps en temps, je l'avais vue et entendue se laver ; elle lavait aussi son linge de corps, mais peut-être pas assez souvent. Depuis la naissance d'Octavia, j'étais devenue plus attentive à la saleté et au lavage, et j'avais même commencé à observer l'aspect de Lydia avec une certaine réprobation.

Quand elle se détourna du miroir, elle était vraiment belle ; d'une beauté un peu clinquante, comme d'habitude.

— Quelle heure est-il ? demanda-t-elle. Est-ce que j'ai le temps de me maquiller avant l'arrivé de Joë ?

— Il est neuf heures moins cinq.

Elle se retourna vers le miroir et se mit à se tapoter les joues avec un peu de fond de teint.

— Je suis trop habillée, n'est-ce pas ?

J'essayai de la ramener au sujet de mes préoccupations.

— Lydia, dis-je d'une voix ferme, as-tu vraiment envie de rester ?

— Bien entendu. C'est si commode pour moi !

— En ce cas, tu peux rester. Car mes parents ne reviennent pas, du moins pas avant un an.

— Non ? fit-elle en se retournant, l'air ravi. Comment les as-tu persuadés de rester là-bas ?

— Je ne les ai pas persuadés. Ils m'ont tout simplement écrit qu'ils ne rentraient pas encore.

— C'est magnifique !

Elle se tourna de nouveau vers le miroir, se mit un peu de rouge à lèvres, puis, toujours sans me regarder, demanda :

— Dis, Rosamond, tu n'as pas déchiré mon manuscrit exprès ?... Pour te débarrasser de moi ?

— Quoi ? m'écriai-je. Quelle idée folle ! Qu'est-ce qui a pu te mettre ça dans la tête ?

— Oh, rien, rien ! murmura Lydia. Non, je te sais incapable de faire une chose pareille. C'est vrai, que je peux rester ?

Oui, si tu le désires, dis-je, très magnanime.

La sonnette tinta, j'allai ouvrir. C'était Joë, un peu éméché ; il m'embrassa avec une affection débordante. Je le fis entrer.

— Qu'a-t-elle dit ?

— Je te raconterai ça plus tard.

Lydia apparut, comiquement fardée. Sur ses joues, quelques mèches égarées étaient enduites de fond de teint, et de petites flaques de poudre stagnaient au coin de ses grands yeux.

— N'est-ce pas merveilleux ? s'écria-t-elle en nous rejoignant : je peux rester ici !

— Que veux-tu dire ? demanda Joë.

Il me fallut expliquer de nouveau que mes parents ne revenaient pas. Nous décidâmes d'arroser la bonne nouvelle, et Joë alla acheter une bouteille ; car, ce mois-là, l'état de mes finances m'interdisait l'alcool. Puis ils partirent, et l'affaire fut close, si ce n'est que Lydia fut bel et bien obligée de récrire deux chapitres entiers de son roman et d'en rassembler avec du scotch de nombreux morceaux. Quand le livre parut, la critique se montra très sévère, ce qui eut pour effet de mettre Lydia en rage ; elle tempêta, vociféra et vitupéra la vie privée, la culture, les goûts de ses détracteurs ; et lorsque je lui fis observer qu'elle aurait bien dû s'attendre tôt ou tard à être l'objet d'articles sévères, elle tourna sa colère contre moi et me garda rancune longtemps. En revanche, le fait enchanta Joë – de loin, car à cette date Lydia et lui avaient rompu et ne se voyaient plus. Moi, je voyais encore Joë de temps à autre : une amitié incestueuse survit, je l'ai découvert, à n'importe quel amour passionné.

C'est la veille de Noël que je rencontrai George. Les circonstances de cette rencontre gardent pour moi une beauté indélébile, celle du destin. Sur le moment même je ne l'ai pas compris, car l'émotion estompait leurs contours étranges ; mais, avec le recul, je sens que ma pensée pourrait indéfiniment suivre les sentiers que j'ai parcourus, évoquer les liens qui m'ont attachée.

Béatrice m'avait invitée à passer Noël chez elle. J'avais refusé. Elle voulait voir Octavia, mais Octavia appartenait à moi et à Londres, et je n'avais aucune envie de la disperser, de la diffuser sur une famille et sur la campagne. Chose plus singulière encore, Clare et Andrew nous avaient invitées, eux aussi – la bonne éducation a la vie dure ! J'avais également décliné leur invitation, car je ne voulais plus les voir. Cela m'attristait, que mon frère et ma sœur eussent de la peine pour moi. D'autant plus que mon moral était excellent. On m'avait offert un poste intéressant dans une des nouvelles universités, poste que j'occuperais aussitôt après les grandes vacances. Ma thèse était chez l'éditeur et sa soutenance avait valu à mon nom l'estime de ceux qui pouvaient s'y intéresser. J'étais heureuse et soulagée ; depuis le début, j'avais eu conscience que c'était un travail qui méritait l'attention, et pourtant je m'étais attendue qu'il passât inaperçu, comme tant d'autres avant lui. Dans mon zèle universitaire, je m'étais attelée bénévolement à une étude sur Cowley ; en outre, j'avais été invitée à écrire, moyennant bonne rémunération, l'un des chapitres d'un « poche » sur la poésie anglaise. J'avais donc d'excellentes raisons d'être de bonne humeur. Et il était très agréable de savoir que je m'appellerais désormais Dr Rosamond Stacey, titre qui aurait l'avantage supplémentaire d'escamoter le caractère irrégulier de la naissance d'Octavia.

J'avais passé l'après-midi du 24 décembre au British Museum ; je ne m'inquiétais pas du lendemain, Lydia ayant pris ses dispositions pour rôtir une dinde et inviter un tas d'amis à la manger. J'aime les réunions organisées par Lydia, surtout celles qui se tiennent dans mon appartement car ainsi je n'ai pas à chercher de garde d'enfant. Et puis Lydia est bonne cuisinière quand ça lui chante. Je m'y entends mieux qu'elle à mijoter des mets savoureux, mais elle est imbattable pour en préparer de surprenants. Elle les réussit d'ordinaire, à condition que les ingrédients de base soient bons : or, il faudrait vraiment faire un usage abusif d'aromates, de vin et de purée de marrons pour gâcher complètement une grosse dinde. L'esprit assez tranquille, je m'assis donc à la bibliothèque et me mis à lire ce que Johnson écrivait sur Cowley, car j'envisageais de me plonger maintenant dans l'étude de Johnson et du XVIIIe siècle. Tout me paraissait digne d'intérêt, cet après-midi-là. Une telle humeur n'est pas chose courante chez moi. Quand je quittai la bibliothèque, à quatre heures et demie, tous me souhaitèrent un joyeux Noël, et je répondis par le même souhait. J'aime les employés de vestiaires dans les vestiaires, les bibliothécaires dans les bibliothèques, les portiers devant les portes : ce n'est que lorsqu'ils me suivent dans la rue que je suis prise de panique.

Sur le chemin du retour, je pensai même à acheter un cadeau de Noël pour Mrs Jennings, laquelle, quand j'étais sortie, m'avait rappelé ce devoir, en me montrant le cadeau qu'elle destinait à Octavia : une jolie balle contenant une clochette. J'achetai donc des savons et du parfum et rentrai vite à la maison. Mrs Jennings me remercia beaucoup, me dit qu'Octavia avait joué avec la balle, mais qu'elle était grognon et que son nez coulait.

— Ce n'est pas grand-chose, dit Mrs Jenning, voyant qu'elle m'avait inquiétée. Un petit rhume. Elle doit faire ses dents.

— Oui, c'est sans doute ça.

— C'est moi qui le lui aurai passé, reprit Mrs Jenning. J'avais très mal à la gorge quand je suis venue lundi. Je ne voulais pas que vous vous fassiez du souci, c'est pourquoi je ne vous en ai rien dit.

— Oh, ce n'est rien !

— Joyeux Noël, alors !

Quand j'eus convaincu la petite d'agiter la main en guise d'au revoir, Mrs Jennings partit, et je restai seule à évaluer le degré de gravité de ce rhume. Il n'avait pas l'air très sérieux, mais il n'en était pas moins là, tandis que le matin Octavia se portait comme un charme. Je regardai ma montre : cinq heures passées. Devais-je aller chez le pharmacien chercher de la pénicilline, selon la prescription du Dr Protheroe : « À renouveler selon besoin » ? Je décidai de n'y pas aller, car à qui aurais-je confié Octavia pendant mon absence, et vraiment il n'était pas question de la sortir par ce froid glacial. Je feignis donc de ne pas avoir remarqué son rhume. Respectant les rites habituels, je lui fis manger sa bouillie, boire du lait, je jouai avec elle et la couchai, sans omettre le bain. Comme Mrs Jennings me l'avait dit, l'enfant était un peu grognon, rien de plus. Elle se coucha aussi sagement que de coutume.

Ensuite, je me mis au travail. Après m'être lavé les cheveux, en l'honneur des festivités du lendemain, je m'assis près du feu, dans l'intention de liquider les lettres et les feuilles d'impôt qui s'étaient si bien accumulées qu'elles formaient sur mon bureau une pile vacillante. Remplir les feuilles d'impôt ?... Quel cauchemar ! Quel était le nombre de mes parts, en qualité de mère célibataire ? À quels abattements avais-je droit ? Je venais de découvrir, à ma vive indignation, que je ne pouvais pas décompter de mon revenu le salaire de Mrs Jennings, lorsque j'entendis Octavia tousser. Oh, pas beaucoup ! Rien qu'une fois. J'allai la voir, elle dormait paisiblement, sa respiration était calme et régulière comme celle de tous les bébés ; son nez ne coulait plus et n'était même pas bouché. Tandis que je la regardais, elle s'agita et toussa de nouveau ; bruit si doux, si léger, semblable à un râclement de gorge, qu'il ne fallait pas le prendre au sérieux, je le compris. Je compris que ce n'était rien. Et pourtant la responsabilité pesait si lourd sur mes épaules que je ne pus accepter ce que je savais être la vérité. La perspective d'un interminable Noël sans médecin, sans pénicilline, m'angoissait au-delà de toute raison. Je ne pouvais supporter la pensée qu'une négligence, si minime fût-elle, causerait un mal quelconque à ma petite fille. Il me fallait aller chercher cette pénicilline, même si, ensuite, la raison reprenant le dessus, je devais décider que cela ne valait pas la peine de réveiller Octavia pour la lui administrer. Puisque je n'en avais pas sous la main, j'irais en acheter.

Il était huit heures. Par bonheur, j'habitais à dix minutes à pied d'une des rares pharmacies de nuit qu'il y ait à Londres, John Bell et Croydon, dans

Wigmore Street. Si peu éloignée que fût cette pharmacie, l'idée de laisser Octavia seule ne me souriait guère. Je ne devais m'absenter que vingt minutes au plus. Elle ne se réveillait jamais la nuit. Dût-elle se réveiller, elle ne pourrait que pleurer, et pleurer vingt minutes n'a jamais fait de mal à personne. Rien ne pouvait lui arriver, me répétais-je. Et pourtant je ne me résolvais pas à la quitter.

Je retournai au salon, essayant de comprendre pourquoi je répugnais tellement à la quitter. Ma peur reposait sur le sentiment confus qu'il est interdit de laisser des petits enfants seuls, après la tombée du jour. Cette idée, je savais où je l'avais glanée : dans un roman – j'aurais pu citer le chapitre et la page. Ce n'était vraiment pas une autorité à laquelle on pût se référer. Et puis, supposé qu'une loi aussi invraisemblable existât, on ne pouvait guère l'appliquer à ma situation. Alors que craignais-je ? Avais-je peur sans raison, pour le seul plaisir d'avoir peur ? Ma raison avait-elle décliné à ce point ? Un tissu d'appréhensions m'emprisonnait-il, si bien que ni ma force de caractère, ni ma volonté ne parviendraient jamais à m'en libérer ? Je ne le croyais pas, je me refusais à le croire. Je restai assise cinq bonnes minutes avant de trouver la réponse. Et si, en mon absence, l'immeuble prenait feu ?... Si cela arrivait, je serais sortie, et personne, sauf moi, ne saurait qu'Octavia était là, et personne donc ne prendrait la peine de la sauver ; et quand je reviendrais il serait trop tard.

Ayant ainsi, tel un chat, acculé ma peur, aussi fuyante qu'une souris, je compris ce qu'il fallait faire, si déplaisant que ce fût : j'irais chez un de mes voisins et dirais que j'étais obligée de sortir ; en cas d'incendie, je les prierais de sauver mon enfant. J'éprouve une répugnance anormale à solliciter l'aide d'autrui, mais je ne pouvais faire autrement. Lequel de mes voisins choisir ? Le couple qui habitait sur le même palier que moi était hors de question ; tous deux très vieux, très frêles et, de plus, étrangers. Au-dessous, deux possibilités : dans un appartement, un chanteur d'opéra et sa maîtresse ; dans l'autre, un homme à l'aspect désagréable, glacial, sans profession bien définie, sa femme, à la permanente toujours impeccable, et leur fils, un adolescent aux airs supérieurs. Je n'avais jamais eu la moindre relation avec aucun de ces deux ménages, et mes parents non plus, à ma connaissance du moins. Le chanteur d'opéra me faisait l'effet d'un homme sur lequel on ne pouvait pas compter, tandis que ses voisins de palier semblaient peu avenants, mais sûrs. Le chanteur et sa maîtresse souriaient toujours dans l'ascenseur ou l'escalier, les autres jamais ; les seules paroles que m'avait adressées la femme à la permanente impeccable étaient pour me demander de lui tenir ouverte la porte de l'ascenseur, parce qu'elle avait les bras encombrés de paquets. Et encore, cette requête n'avait pas été formulée d'une manière très aimable.

J'enfilai un manteau, jetai un dernier coup d'œil à Octavia, qui dormait comme si rien n'avait pu la réveiller, puis je descendis, laissant la clef sur la porte à l'extérieur. Je sonnai chez les gens dignes de confiance. L'homme vint ouvrir immédiatement ; on aurait dit qu'il s'attendait à une visite. Et en effet, il s'y attendait ; à en juger par les bruits qui venaient de l'intérieur, sa femme et lui donnaient une réception.

— Veuillez m'excuser, dis-je nerveusement en jetant un coup d'œil derrière lui au vestibule, tapissé d'un papier à fleurs. J'habite au-dessus de vous et je voudrais vous demander un service.

— Entrez, entrez, dit l'homme désagréable d'une voix joviale. Entrez et dites-nous ce que nous pouvons faire pour vous.

— Oh, non, non, je ne veux pas entrer ! Je sors quelques minutes, il faut que j'aille chez le pharmacien, et ça m'ennuie de laisser ma petite enfant toute seule. Vous serait-il possible de…

J'hésitais, ne sachant pas ce qu'il leur serait possible de faire…

— … Pourriez-vous avoir l'obligeance de veiller sur elle ?

— Mais certainement, certainement ! dit-il, encore plus jovial. Je vais dire à ma femme de faire un saut chez vous et de jeter un coup d'œil au bébé.

— Oh non, ce n'est pas la peine de vous déranger ! Je sais qu'elle ne se réveillera pas, cela ne lui arrive jamais. C'est seulement au cas où…

Je n'osais pas dire tout à trac : « au cas où l'immeuble prendrait feu », ça aurait paru idiot. Mais, chose surprenante, il me prit les mots de la bouche :

— Très bien, ne vous inquiétez pas, si la baraque prend feu, j'irai la chercher moi-même.

— Oh merci ! fis-je. Merci mille fois ! J'en ai pour quelques minutes à peine. Vous comprenez, je n'osais pas la laisser seule, sans que personne sache qu'elle est là… J'ai laissé la clef sur la porte. C'est trop aimable à vous.

Je m'apprêtais à reculer humblement, lorsque la femme de l'homme désagréable apparut. Sur quoi il lui raconta toute l'histoire. Elle avait l'air gai et enjoué. Au revers de son tailleur de velours bleu foncé, une broche de diamants étincelait. À son tour, elle m'assura de sa sollicitude.

— Je ferai un saut chez vous, dit-elle. Rien que pour écouter.

— Ce n'est pas la peine, protestai-je de nouveau.

— Et comment va l'enfant ? poursuivit-elle. Elle a été très malade, n'est-ce pas ? Je me suis fait beaucoup de souci en songeant à vous deux. J'ai été bien contente quand elle est revenue, saine et sauve, débordante de vie. Elle va tout à fait bien, n'est-ce pas ?

— Oh oui, tout à fait !

J'ajoutai, pour donner bonne mesure :

— Il faut que je fasse très attention à elle, c'est tout.

— Bien sûr, approuva la femme, comme si elle avait connu mes ennuis par le menu.

— Il faut vite que j'aille chez le pharmacien.

Tout en parlant, j'esquissai un pas en arrière, ce qui provoqua un nouveau flot d'invitations. Ils me priaient de venir boire un verre, de me joindre à leurs amis quand je rentrerais. Si grande était ma surprise que j'aurais pu accepter si je n'avais senti mes cheveux, que je venais de laver, encore mouillés sous mon foulard. Je leur dis au revoir, en les remerciant de leur obligeance. Ils me souhaitèrent un joyeux Noël, je fis de même, et nous nous séparâmes. Tandis que je descendais dans l'ascenseur, je me demandais pourquoi ils s'étaient montrés si obligeants, et je me dis qu'ils étaient un peu ivres ; mais, par la suite, j'ai compris que si leur attitude s'était réchauffée à mon égard, c'est en grande partie parce que j'avais sollicité un service. Rien n'est plus réconfortant que de savoir qu'un autre a besoin d'une aide, lorsque l'on peut la lui fournir sans aucun effort. Je ne veux pas ici diminuer leur mérite, car ils avaient été vraiment gentils, et la sollicitude de la femme à l'égard d'Octavia n'était pas feinte. À dater de ce jour, ils me demandèrent des nouvelles de la petite chaque fois que je les rencontrais, et aussi des nouvelles de mon travail. Ils achetèrent même un exemplaire de mon livre, quand celui-ci parut enfin, et me prièrent de le leur dédicacer, alors qu'ils ne devaient guère se passionner pour la poésie du XVIe siècle.

Dehors, il faisait froid et un peu brumeux ; les voitures alignées le long du trottoir étaient recouvertes d'une mince pellicule de givre. Je marchais d'un pas alerte, assez heureuse, satisfaite d'avoir, avec un tel succès, affronté mes voisins, et rassurée maintenant sur le sort d'Octavia. Elle souffrait en tout et pour tout des dents et d'un très léger rhume.

J'aime cet éclat douteux des lieux ouverts la nuit, cafés, bars, laveries, aéroports. À l'intérieur de la pharmacie, il y avait une queue, c'était inévitable. Je me plaçai au bout, dans la lumière morne. Enfin, je remis l'ordonnance et j'allai m'asseoir pendant qu'on préparait la pénicilline. Au centre de la salle vaste et sombre, un poisson rouge nageait dans un aquarium entouré d'un banc circulaire ; je m'assis et regardai le poisson qui tournait et tournait sans fin autour de sa cage de verre. Ne dormait-il jamais ? Je le regardai quelques minutes, puis, comme je m'arrachais à cette contemplation, j'entendis quelqu'un dire : « Rosamond ». Je levai les yeux. C'était George.

Penché sur moi, il souriait avec une gentillesse timide. J'essayai de me lever, mes jambes refusèrent de me porter. Je ne réussis pas à parler tout de suite. Enfin j'articulai :

— George ! Toi !

Il y avait tant de temps que je ne l'avais vu que j'étais sans force ; si nombreuses aussi étaient mes pensées, si grande ma surprise, si troublé mon cœur. Je restai assise, muette, et le regardai, en souriant, car je n'aurais pas voulu qu'il s'en allât de nouveau, qu'il me laissât seule. Je craignais qu'il ne fît que passer, et que d'ailleurs il ne désirât pas s'attarder près de moi. Je voulais le retenir ; je voulais qu'il me restât ; mais j'avais la bouche si sèche que je ne parvenais pas à parler.

— Rosamond, dit-il, il y a si longtemps que je ne t'ai vue ! Je croyais que tu avais déménagé. Il y a bien deux ans que nous ne nous sommes rencontrés.

— Presque…

— Attends-tu quelque chose ?

J'inclinai la tête et murmurai :

— Oui, j'attends des médicaments.

— Moi aussi.

Il s'assit à côté de moi. Il s'y assit de son plein gré. Je retrouvai, un peu, la parole :

— Es-tu souffrant ?

— Non, je ne suis pas malade, pas vraiment malade. J'ai un fichu mal de gorge, et il faut que je fasse quelque chose, car ça me gêne.

— Tu travailles ces jours-ci ?

— Oui.

— Je ne te voyais plus, mais je savais que tu n'avais pas déménagé. Je t'écoute à la radio – tu étais donc toujours là.

— À vrai dire, je t'ai aperçue une fois, mais je n'ai pu te parler. C'était dans le métro. Tu étais dans un autre wagon ; je t'ai entrevue à travers les vitres. Je t'ai fait signe, mais tu n'as pas regardé dans ma direction.

— Je ne t'ai pas vu.

— C'est ce que j'ai pensé.

Le silence retomba entre nous. Je me dis que les médicaments devaient être prêts.

— Il faut que j'aille voir si ma commande est prête.

— Tu es malade ?

Il ajouta vivement :

— Oh, pardon, j'avais oublié qu'on ne doit jamais demander à une femme ce qu'elle achète chez un pharmacien !

— Non, je ne suis pas malade, répondis-je.

Je me levai et restai plantée là, immobile, à le regarder et à regarder le poisson rouge qui nageait patiemment derrière ce délicat profil.

— Es-tu pressée ? Nous pourrions aller prendre un verre ensemble. Pour célébrer Noël.

Je m'arrêtai, tendue délicieusement vers l'avenir, vibrante un moment d'espoir à la pensée de ce qui m'attendait.

— Je ne peux pas, dis-je. Et je poursuivis, en partie pour donner une excuse, en partie pour ouvrir la voie à ce qui suivrait : Il faut que je retourne auprès de mon bébé.

Je m'étais si souvent servie de cette excuse que je n'en saisis pas, sur le moment, la portée, en un tel lieu et sur une telle personne. Je n'avais pas eu l'intention de lui annoncer la chose comme ça. Comment, alors, m'y serais-je prise ?… À cette question, je n'avais pas trouvé de réponse satisfaisante.

— Tu as un enfant ? Je ne savais pas que tu étais mariée.

— Je ne le suis pas.

Et je souris, cette fois avec assurance car je reprenais mon ancien rôle, celui qui me donnait une contenance : le rôle de la fille libre qui alterne ses amants, de la fille qui a des bébés au hasard, de la fille qui fait ce qui lui plaît et n'en paie pas le prix en souffrances. Il reçut la nouvelle comme jamais je ne l'aurais imaginé ; il la reçut inespérément, telle que je la lui offrais : il fit une grimace, et du ton le plus efféminé, le plus snob, le plus femme du monde, qui m'enchanta au suprême degré, il s'écria :

— Vraiment, Rosamond, il n'y a que toi !

— C'est une très jolie petite fille, continuai-je, et la joie m'envahissait le cœur.

— J'en suis persuadé. Tu ne peux avoir que d'adorables bébés.

— Pourquoi ne viendrais-tu pas la voir ? Nous prendrions un verre ensemble. Il faut que je rentre, car la petite est seule à l'appartement. Viens, ça me fera plaisir.

À la manière dont il me regardait, je compris qu'il allait accepter mon invitation.

— Je t'accompagne bien volontiers. C'est gentil, de me le proposer, après tout ce temps.

Il me dévisageait, oblique, fuyant, la bouche pleine de sous-entendus, et cependant si doux et inoffensif, tellement de mon côté, si peu contre moi, si peu dangereux que je chancelai de soulagement. Le regardant, je me dis qu'il était presque trop beau ; avec quelques kilos de plus, il aurait été ce qu'on appelle un bel homme.

— Comme tu es jolie, ce soir, Rosamond !

Je sentis qu'il parlait, comme je l'écoutais, pour le plaisir.

— Plus jolie que jamais, reprit-il.

— Il fait si sombre ici que tu ne peux pas en juger. En plein jour, mon visage est décomposé.

— Vraiment ?… Bah, moi aussi, je commence à me faire vieux !

— Toi ?… Jamais tu n'auras l'air vieux !… Ton visage n'est pas de ceux qui vieillissent.

— Tu ne peux pas le voir, dans cette lumière.

— Je vais chercher mon ordonnance. Elle doit être prête. Attends-moi.

— C'est toi qui devras m'attendre, dit-il. Ma commande n'est pas encore prête. Reviens et attends-moi.

— Entendu, dis-je.

Je préférais attendre que d'être attendue. J'allais au comptoir, pris la pénicilline, et, retournant m'asseoir, attendis avec George.

— Quel âge a ton bébé ?

C'est la première question qu'il me posa quand je fus revenue auprès de lui. Vite, étonnamment vite pour une personne brouillée avec les chiffres, je pressentis qu'il valait mieux ne pas dire la vérité : cela m'engagerait moins. Je mentis donc, répondant que l'enfant avait onze mois, bien qu'elle en fût encore loin. Avais-je raison ou tort ? me demandai-je aussitôt ? Il m'aurait été difficile de me rétracter, si l'envie m'en venait. Sait-on jamais ?… Si Octavia avait eu vraiment onze mois, dans ce cas j'aurais été enceinte le jour où j'avais couché avec George. Toute l'affaire était trop compliquée pour moi ; la vérité semblait s'être perdue dans cet intervalle de quelques mois. Je regardai George. Était-ce possible, ce qui était arrivé ? Il ne paraissait pas capable de cela, avec cet air doux et frêle, si peu viril, qui m'avait frappée lors de notre première rencontre, quand j'avais cru que c'était Joë qui l'intéressait. J'avais déjà éprouvé ce sentiment d'incrédulité à l'égard d'autres hommes, à un moindre degré toutefois ; par exemple envers Hamish, mon premier amour, que j'avais revu après quelques années de séparation totale et que je rencontrais fréquemment, puisqu'il travaillait, lui aussi, de temps à autre, au British Museum. En le revoyant j'avais reçu un choc, car nous nous étions séparés en mauvais termes. Mais, après avoir bu une tasse de café ensemble, nous avions établi très vite une relation nouvelle, nos vieux amis et les poètes formant la base de la conversation. Je n'avais jamais réussi cependant à surmonter le fait que nous nous étions connus et aimés. Lorsque nous bavardions, lui, sa femme et moi, devant une tasse de café et des pâtisseries danoises, il m'arrivait d'être assaillie par le souvenir aigu de ses lèvres, de ses dents, de sa chair nue. Ce n'étaient pas des souvenirs voluptueux, car je ne le désirais plus, mais plutôt des évocations scandaleuses, destructrices ; un peu comme l'envie qui vous prend de vous déshabiller dans une rame de métro bondée de gens, ou de vous jeter du haut du balcon dans un théâtre. Images de peur et non de désir. Les autres femmes ne ressentent rien de tel à l'égard de leurs anciens amants, je le sais. Ce doit être encore une des façons dont se manifeste mon inadaptation sexuelle.

Quand George eut enfin en poche ses pastilles pour la gorge, nous nous mîmes en route. Il faisait trop froid pour marcher lentement, et lorsque je marche vite il ne me reste plus assez de souffle pour parler. Nous gardâmes donc le silence. Dans l'ascenseur, George fit tout à coup :

— Je ne cessais de me répéter que j'allais te revoir. Et pourtant cela ne m'est jamais arrivé.

Était-ce une excuse, une accusation ? Impossible de le déceler, d'après son intonation. Comme moi, il dissimulait sa pensée jusqu'à ce qu'il n'en restât plus rien.

— Tu ne savais vraiment pas que j'avais une petite fille ?

— Comment l'aurais-je su ?... Qui me l'aurait dit ?

Un nouvel élément de notre situation délicate m'apparut : s'il se disait maintenant que j'étais enceinte lors de notre dernière et si importante rencontre, c'était une excellente raison pour que je ne voulusse pas le revoir. Même s'il me plaisait et si je gardais un bon souvenir de ses embrassements. Reconnaissant que c'était plutôt moi qui l'avais évité, reconnaissant un si grand nombre de choses, je hochai la tête, triste et décontenancée, et j'ouvris la porte de l'ascenseur. Par-dessus tout, j'aurais voulu savoir ce qu'il pensait. Et peut-être régnait-il dans sa tête la même confusion, la même incertitude que dans la mienne.

Je mis un bon moment à chercher ma clef dans mon sac : j'avais oublié qu'elle était dans la serrure. Quand je m'en avisai enfin, je poussai la porte et introduisis George au salon, pendant que j'allais jeter un coup d'œil à Octavia, qui dormait toujours, douce et paisible, sans la moindre trace de rhume. Conduirais-je George auprès d'elle ? La voix du sang se ferait-elle entendre ?... Cette voix révélerait-elle qu'Octavia était son enfant ?... Je ne le croyais pas. Je ne sais pas si, à ce moment-là, j'avais l'intention de le lui dire. Je ne le pense pas ; je pense que j'attendais de voir ce qu'il nous adviendrait à tous les deux. Je bordai plus étroitement les petites couvertures bleues et retournai près de George. Il s'était assis et lisait les épreuves de l'article que je venais de consacrer à un ouvrage sur Spencer et l'amour courtois. Il leva les yeux.

— Il me semble que tu écris beaucoup, ces temps-ci. Je vois souvent ta signature.

— Vraiment ? fis-je, surprise, car je n'écrivais guère que dans des revues qui ne sortaient pas de ma profession. Tu dois lire beaucoup.

— Oui, c'est possible.

Et il laissa tomber le sujet.

— Je fais maintenant des articles pour gagner de l'argent. Cela ne s'accorde pas avec mes idées, mais l'argent est l'argent. Ça paie l'huile d'amande douce, les pommades. Les enfants vous font faire bien des choses qu'au fond de soi-même on n'approuve pas.

J'allai à l'armoire d'angle, d'où je tirai les alcools achetés par Lydia pour Noël. Il y avait une bouteille de whisky. J'en versai dans nos verres et allai m'asseoir.

— Ça te va, d'avoir un bébé, dit-il. Tu as très bonne mine, même sous un éclairage normal.

— Je suis heureuse que tu le penses.

— J'ai vu Joë Hurt, tout récemment. Tu le vois toujours ?

— Oui, souvent. Il sort avec la fille avec qui je partage mon appartement.

— Ah ! C'est donc fini vous deux ?

— Si tu veux savoir la vérité, il n'y a rien eu de sérieux entre nous.

Après tout, pourquoi ne pas lui lâcher une parcelle de vérité ? Et j'ajoutai :

— Non, pas vraiment. Mais je l'aime bien.

— Avant, tu habitais seule, n'est-ce pas ?

— Là encore, vois-tu, les choses ont changé. J'ai pris une pensionnaire… pour garder la petite.

— Et te faire un peu d'argent ?

— Oui, bien que mes finances n'aillent pas trop mal.

Et pour qu'il ne se fît pas une idée trop défavorable de ma situation, je lui parlai de ma thèse, de mon travail et des brillantes perspectives qui s'ouvraient à moi. Après lui avoir tracé les progrès de ma carrière, je me sentis obligée de lui demander des nouvelles de la sienne. Mais il se montra aussi réticent que d'habitude.

— Oh ! C'est plus ou moins la même routine, répondit-il, très évasif.

— Pourquoi ne changes-tu pas ? m'écriai-je, incapable de me contenir. Pourquoi ne fais-tu pas autre chose ? Est-ce que tu n'en as pas par-dessus la tête ?

— Tu m'as dit la même chose la dernière fois que nous nous sommes vus. Je ne vois pas pourquoi j'en aurais par-dessus la tête. Compte tenu de ce qu'on exige de moi, je suis très bien payé. Pourquoi changerais-je ?

— Tu pourrais obtenir un poste à la télévision. Ça doit être encore mieux payé, non ?

— Pas tellement. Et en tout cas, je ne veux pas être à la télévision.

— Tu serais très bon sur le petit écran, dis-je, incapable de laisser tomber l'idée. Tu serais magnifique. Tu as exactement le visage qu'il faut, mince et osseux. Je t'assure que tu aurais beaucoup de succès. Et puis, comme ça, je pourrais te voir, et non plus seulement t'entendre.

Je pensais très exactement ce que je disais, mais il ne pouvait pas le deviner.

— Non, je n'ai pas envie d'être à la télévision, répéta-t-il sans impatience. Cette machine transforme votre vie en enfer. Partout où vous allez, elle vous le fait payer cher. Pourquoi as-tu tellement envie que je sois à la télé ?

— Je te l'ai déjà dit : afin de m'asseoir et de te regarder.

— Et toi, pourquoi ne t'engages-tu pas à la télévision ? Comme cela, je pourrais m'asseoir et te regarder.

— Il n'en est pas question. J'ai toutes sortes de choses plus importantes à faire.

— Moi aussi, fit George. Tu n'es pas seule à avoir une vie personnelle, tu sais.

Le silence tomba entre nous. Je bus une gorgée de whisky et me demandai quoi faire. Nous étions, semblait-il, dans une impasse, dont nous ne pourrions sortir qu'en brisant ce que ni lui, ni moi, nous ne voulions briser. Nous pouvions donc aussi bien demeurer assis dans cette pièce, à jamais étrangers l'un à l'autre, à jamais liés l'un à l'autre. Cela m'aurait été indifférent, à condition que nous y demeurions. Hélas ! je savais qu'un lien aussi ténu ne peut durer, qu'il ne peut se pétrifier dans l'extase, mais doit se fondre sous la chaleur mortelle de la vie qui va son train. Si l'un de nous ne faisait pas un mouvement vers l'autre, alors il ne nous resterait plus qu'à aller chacun de notre côté. Nous étions semblables à des poissons pris dans une rivière gelée. Nous nous observions en silence, à travers l'air solide et résistant qui nous séparait. Puis, lorsque le silence lui-même menaça de devenir un acte positif, il parla :

— Tes cheveux grisonnent.

J'y portai la main et hochai la tête. C'était vrai.

— Le souci, sans doute.

— À propos de quoi te tourmentes-tu ? demanda-t-il avec une gentillesse qui ne tenait aucun compte du ton désinvolte de ma réponse.

— De tout, dis-je, de tout.

— Raconte-moi.

— Il n'y a pas grand-chose à raconter.

Comme je prononçais ces paroles, je songeai à Octavia, et malgré moi je me rappelai. Je me rappelai combien de fois j'avais tendu la main vers le téléphone, dans les premiers temps, avec l'intention d'appeler George. Je me rappelai le soin avec lequel j'évitais d'aller au bar qu'il fréquentait, de marcher dans les rues où il pourrait marcher. Je me revis allongée sur un lit d'hôpital, écoutant sa voix qui résonnait dans le petit écouteur placé sous mon oreiller, je revécus ces heures où je pleurais sans trouver le sommeil, aspirant de toutes mes forces à partager avec lui la souffrance du mal qui frappait mon enfant, ou la joie de sa joie. Je me rappelai ce que j'avais enduré, et tout le chagrin que je lui avais épargné, à lui. Et je ne voyais pas comment je pourrais revenir sur ce que j'avais fait.

— Ce n'est rien, dis-je. La petite a été assez malade. Mais elle va mieux maintenant.

— Oh, je suis désolé ! Qu'est-ce qu'elle avait ? Était-ce grave ?

— Non, non, rien de sérieux. Que veux-tu, je m'inquiète à propos de tout et de rien.

— Tu as dû connaître des heures pénibles. Tu as maigri. Mais cela te va.

— Oh, je ne me plains pas ! Tant d'autres traversent des épreuves plus dures ! De quoi me plaindrais-je ? Surtout ne me laisse pas me plaindre ! Parle-moi plutôt de toi.

— Que veux-tu que je te raconte d'intéressant ? L'année n'a pas été fameuse pour moi. Peu importe, puisqu'elle est finie. Non, parle-moi de toi. Cela m'intéresse beaucoup plus. Tes parents sont-ils revenus d'Afrique ?... C'est bien en Afrique qu'ils étaient, n'est-ce pas ?

— Non, ils ne sont pas rentrés. Au lieu de ça, ils sont allés en Inde.

— Sont-ils contents là-bas ?

— Je l'ignore. Ils viennent à peine d'y arriver.

— Ils voyagent beaucoup, n'est-ce pas ? Je songe, moi aussi, à quitter l'Angleterre.

— Pourquoi ?

— Je ne sais pas, dit George en souriant dans son verre. Pour changer. Pour m'échapper. Pour voir ce qui arrivera. Rien ne me retient.

Et il leva les yeux vers moi. J'eus le sentiment, si souvent éprouvé auprès de lui, qu'il était sur le point de me faire un aveu, une confidence, d'esquisser un pas en avant qui interdirait tout retour en arrière. Et moi, de mon côté, je me sentais presque capable de me livrer à une scène semblable à celle que j'avais faite à l'hôpital lorsque tout autre moyen m'avait été refusé ; je me sentais au bord des larmes, des cris. Je serrai les accoudoirs de mon fauteuil, pour m'empêcher de me jeter à ses pieds, d'implorer son affection, son indulgence, sa pitié, n'importe quoi qui pût le retenir auprès de moi, et me sauver de la solitude, me sauver de tant souffrir de son absence. Les mots ne cessaient de s'assembler dans ma tête, formant des phrases comme : « Je t'aime, George ! Ne me quitte pas, George. » Je me demandais ce qui arriverait si je laissais échapper une seule de ces phrases. Je me demandais quel dégât elle causerait.

— Dans quelle partie du monde envisages-tu d'aller ?

— Oh, je ne m'en irai pas vraiment ! Je rêvais seulement de le faire.

— Je n'aimerais pas me rendre à l'étranger.

— Je ne te l'ai pas proposé, mais tu peux m'accompagner si tu en as envie.

— C'est bien vrai ? dis-je en vidant mon verre. Et je peux emmener Octavia ? Je ne pourrais aller nulle part sans elle.

— Pas même avec moi ?

— Pas même avec toi.

— Je ne vois pas pourquoi tu ne l'emmènerais pas. Bien que je ne m'y connaisse pas du tout en matière de bébés.

— Ma petite fille est très mignonne. C'est un ravissant bébé.

— Comment ne serait-elle pas jolie, avec une telle mère ? J'aime son nom : Octavia.

— Je l'aime aussi, mais il ne plaît pas à tout le monde. Je l'ai appelée d'après Octavia Hill.

— Octavia Hill ?... Qui était-ce ?... Quelque héroïne du féminisme et du socialisme ?

— À dire vrai, je ne sais pas très bien ce qu'elle a fait, et après avoir choisi ce nom je n'ai plus osé me documenter sur elle, de peur d'apprendre qu'elle a commis quelque acte répréhensible ou même horrible. Je crois qu'elle a été une militante socialiste. J'espère qu'elle était socialiste. Ça n'a pas d'importance, au fond, ne crois-tu pas ?

— Tu as raison, ça n'a pas d'importance... Tu l'élèveras bien, n'est-ce pas, quoique l'autre ait pu faire ?

— Je ne sais pas ce qu'on entend par élever bien. Je suppose qu'on m'a bien élevée, mais cela ne m'a guère réussi, semble-t-il.

— Bah ! Tu m'as l'air de pas mal te débrouiller. Tu t'en es tirée aussi bien que n'importe qui.

— Que veux-tu dire ?

— À en croire tes propres paroles, tu as un travail intéressant et un joli bébé. Que pourrait-on souhaiter de plus ?

— Certaines pourraient souhaiter avoir également un gentil mari.

— Mais pas toi ?… Tu n'as jamais eu l'air d'en avoir envie.

— Non, peut-être pas. Il m'arrive pourtant de penser que ce serait plus agréable. Ce serait bon, par exemple, d'avoir quelqu'un qui remplisse mes feuilles d'impôt à ma place.

Et je tendis la main avec désespoir vers les papiers amoncelés sur le tapis.

— Tu ne peux pas tout avoir, dit George.

— Non, c'est vrai. Et j'ai plus que la plupart des autres, je le reconnais.

— Moi aussi, fit George, moi aussi. Néanmoins, j'ai mes moments de faiblesse. Parfois, j'aimerais avoir quelqu'un qui me repasse mes chemises. Pourtant je peux le faire moi-même, aussi bien que n'importe qui. Tout comme tu peux sans doute remplir tes feuilles d'impôts beaucoup mieux que la plupart des hommes. Ce n'est donc pas un bon argument, en réalité.

Nous échangeâmes un sourire un peu las, un sourire de vaincus.

— Viens donc voir mon bébé.

— Est-ce que ça ne va pas le réveiller ? demanda-t-il, hésitant.

— Octavia ne se réveille jamais.

Je le conduisis le long du couloir, pour mon plaisir, non pour le sien, et j'ouvris la porte de la chambre d'Octavia. Elle reposait les yeux fermés, les poings doucement serrés sur l'oreiller, et mon regard alla de son visage à celui de George. Je compris alors qu'il était trop tard, beaucoup trop tard. Je n'étais plus capable de ressentir pour qui que ce soit ce que je ressentais pour mon enfant. En comparaison des éclairs intermittents qui me venaient de George, Octavia répandait une lumière faible, constante, nacrée, assez forte pour éclipser à l'avenir toute autre clarté, même éblouissante. Mauvaise opération que cet amour, je ne me le cachais pas ; une opération qui, dans quelques années, me laisserait dans le noir et dans le froid. Mais la passion la plus brûlante dure-t-elle plus de six mois ?

— Elle est charmante, dit George.

— Oui, n'est-ce pas ?

Et ces mots, qui exprimaient une entente, mesuraient la distance sans espoir qui nous séparait ; car il avait parlé pour me faire plaisir, et moi parce que c'était la vérité. L'amour m'avait isolée plus sûrement que la peur, l'habitude ou l'indifférence. Je ne connaissais qu'une chose au monde, et c'était Octavia. J'avais perdu le goût de connaître un être à moitié. George, c'était visible, ne connaissait personne avec une pareille plénitude. Je n'enviais, ni ne plaignais son indifférence, parce qu'il était moi-même, le moi que, sans un accident, un hasard, le destin, sans ma nature de femme, je serais encore.

— Il faut que je parte, dit-il. Mon travail commence de très bonne heure.

— Ah oui ?

— J'ai été content de te revoir. Prends bien soin de toi, Rosamond.

Et il se dirigea vers la porte.

— Oui, je prendrai soin de moi. Préviens-moi, si tu t'en vas. Si tu pars pour l'étranger.

— Je te préviendrai. Et toi, ne te tracasse pas trop.

— C'est dans ma nature. On ne peut rien changer à sa nature, n'est-ce pas ?

— Non, dit George, la main sur la poignée de la porte. Non. Rien.

PAPIER CERTIFIÉ

Composition réalisée par PCA

Achevé d'imprimer en août 2023 en Espagne par
LIBERDUPLEX
Dépôt légal 1re publication : septembre 2023
LIBRAIRIE GÉNÉRALE FRANÇAISE
21, rue du Montparnasse – 75298 Paris Cedex 06